2020 中国诗歌年选

徐敬亚 韩庆成 —— 编选

花城年选系列

SPM
南方出版传媒
花城出版社
中国·广州

图书在版编目（CIP）数据

2020中国诗歌年选 / 徐敬亚，韩庆成编选． -- 广州：花城出版社，2021.2
（花城年选系列）
ISBN 978-7-5360-9124-5

Ⅰ．①2… Ⅱ．①徐… ②韩… Ⅲ．①诗集－中国－当代 Ⅳ．①I227

中国版本图书馆CIP数据核字(2021)第018843号

出 版 人：肖延兵
责任编辑：蔡　安　　欧阳蘅　　李珊珊
技术编辑：薛伟民　　凌春梅
封面设计：
丛书篆刻：朱　涛

书　　名	2020 中国诗歌年选
	2020 ZHONGGUO SHIGE NIANXUAN
出版发行	花城出版社
	（广州市环市东路水荫路11号）
经　　销	全国新华书店
印　　刷	佛山市浩文彩色印刷有限公司
	（广东省佛山市南海区狮山科技工业园A区）
开　　本	787 毫米 ×1092 毫米　16 开
印　　张	17　1插页
字　　数	300,000 字
版　　次	2021 年 2 月第 1 版　2021 年 2 月第 1 次印刷
定　　价	56.80 元

如发现印装质量问题，请直接与印刷厂联系调换。
购书热线：020 - 37604658　37602954
花城出版社网站：http://www.fcph.com.cn

目录

凶年之忍
——序《2020中国诗歌年选》| 徐敬亚 ……001

北京卷

白纸青春 | 安琪 ……001
浮生记 | 北乔 ……002
留下这些草 | 花语 ……003
读一个重症打鼾者的日记 | 霍俊明 ……004
秋忆 | 李少君 ……005
苹果其一,缩塌 | 林白 ……006
靠近约克 | 梅尔 ……007
夜读杜甫 | 师力斌 ……008
秋天的原野 | 吴颖丽 ……009
钟声 | 徐南鹏 ……010
总有人比我更老 | 叶延滨 ……011
野有蔓草 | 张清华 ……012

黑龙江卷

四野黄昏 | 安海茵 ……013
古城之魅 | 李琦 ……014
雾中雅克萨 | 鲁微 ……015

一朵雪花的诞生 | 潘永翔 ……017
地理学 | 杨河山 ……018
八百里太行，是一盘无解的棋局 | 赵亚东 ……019

吉林卷

大围子村的黄昏 | 葛筱强 ……020
失败的人 | 任白 ……021
近来身体多有不适 | 王法 ……022
立春 | 王丽颖 ……023
即景 | 宗仁发 ……024

辽宁卷

风吹我 | 川美 ……027
南山 | 大连点点 ……028
麻雀 | 大路朝天 ……029
论沙发 | 高咏志 ……030
海边的时间 | 季士君 ……031
交换影子 | 姜庆乙 ……032
午夜听到时钟响 | 辽东天籁 ……033
我的心只有拳头般大 | 刘川 ……034
芒种日，我种下关于你的幻想 | 齐凤艳 ……035

天津卷

有一种沉默的语言 | 朵渔 ……036
进冯至的小园不必敲门 | 罗振亚 ……037
改变世界 | 王士强 ……038
先贤录 | 王彦明 ……039
影舞·看 | 徐江 ……040

内蒙古卷

生日礼物 | 敕勒川 ……042
冰川 | 独桥木 ……043
夏 | 关门雨 ……044
洪荒 | 王楚 ……045
那扇门 | 温古 ……046
在杜甫草堂想起你 | 闫红梅 ……047
不止于轮回 | 张无为 ……048

新疆卷

汉朝末年 | 笨水 ……049
小夜曲 | 陈素凡 ……050
暴雨，及某些片段 | 耳南 ……051
浑身放射着鱼的金色鳞片之光 | 贺海涛 ……052
病中书 | 南子 ……053
钟鼓楼 | 王兴程 ……054

宁夏卷

世界上曾经有过我们的那些时光 | 马晓雁 ……055
在秦长城上眺望 | 唐晴 ……056
其实我一生下来是有翅膀的 | 瓦楞草 ……057
像一个无家可归的人 | 王怀凌 ……058
残阳如血 | 杨建虎 ……059

青海卷

秋天深了，王在写诗 | 曹谁 ……060
展开 | 郭建强 ……061
龙羊峡 | 孔占伟 ……062
小暑之后 | 牧白 ……063

无从表达｜深雪　　　　　　　　……064

甘肃卷

一群鸽子｜草人儿　　　　　　　……066
饮酒｜段若兮　　　　　　　　　……067
柳河｜胡杨　　　　　　　　　　……068
活着，最终要用死亡完成｜江一苇　……069
雨中登青龙山｜苏黎　　　　　　……070
月圆书｜朱妍　　　　　　　　　……071

陕西卷

蒙顶山之晨｜冯景亭　　　　　　……073
好久不见｜李小洛　　　　　　　……074
假如我活在唐朝｜麦冬　　　　　……075
当我们退出生活｜三色堇　　　　……077
冷暖色｜孙晓杰　　　　　　　　……078
就让我放松一小会儿吧｜远村　　……079
冬至｜长安瘦马　　　　　　　　……080

西藏卷

星火与时间｜白玛央金　　　　　……081
冻红的石头｜陈人杰　　　　　　……082
写在2020惊蛰日｜木朵朵　　　　……083
石头记｜纳穆卓玛　　　　　　　……084
思念｜其米卓嘎　　　　　　　　……085
冬影白｜沙冒智化　　　　　　　……086
夏｜索朗旺久　　　　　　　　　……087

四川卷

一滴雨｜千海兵　　　　　　　　……089

北极熊 | 龚学敏	……090
为你独白 | 海莉	……091
出师表 | 彭志强	……092
轨迹 | 熊焱	……094
微笑 | 喻言	……095
书架 | 张新泉	……096
我看见红旗飘扬在长征路上 | 赵振元	……098

重庆卷

带翅的蚂蚁 | 崔荣德	……100
双龙湖之夜 | 胡中华	……101
好吧,我们聊聊蝴蝶 | 李元胜	……102
喀拉峻的夜晚 | 冉冉	……103
情人,或者陌生人 | 席芷	……104
等待 | 杨骏	……105

贵州卷

土司的酒殇 | 杜春翔	……107
晚景 | 李寂荡	……108
每一颗雨点都是逃逸的音符 | 蘑景	……110
被淹死的鱼 | 欧阳炽玉	……111
时间速写 | 三泉	……112
一顿想象的早餐 | 赵俊涛	……113
一把竖琴横在夜空 | 子佩	……114

云南卷

暂寄 | 耿占春	……115
鲜花寺(节选) | 雷平阳	……116
彩云路 | 唐果	……119
花鹿坪一夜 | 王单单	……120
我们的肺 | 尹马	……121

孔子 | 于坚 ……122

山西卷

山居随想 | 雷霆 ……124
南瓜灯 | 落葵 ……125
我从小就见惯了死亡 | 牛梦牛 ……126
南山 | 唐依 ……127
担心 | 张常美 ……127
这首诗，给自己 | 张二棍 ……128

河北卷

抱走西藏一块石头 | 大解 ……130
独木桥 | 康书乐 ……131
青蒿 | 刘向东 ……132
石雕与泥塑 | 牟文峰 ……133
羊吃着草，木棉纺织着彼此的姓氏 | 谢虹 ……134
语言什么都不能表达 | 幽燕 ……135
几支蜡笔画成的春天 | 张恩浩 ……136

山东卷

为青草颁发的授奖词 | 辰水 ……138
苍耳花 | 高伟 ……139
风光 | 国哥 ……140
无非 | 李金昆 ……141
我的祈祷 | 石棉 ……142
白鲸 | 王桂林 ……143
细节令人着迷 | 小西 ……144
大地的屏保 | 轩辕轼轲 ……145
雨水辞 | 于海棠 ……146

河南卷

手机终端区得句 | 冯杰 ……147
光与花 | 高旭旺 ……148
五月 | 郝子奇 ……149
正阳 | 孙友民 ……150
安静 | 吴元成 ……151
桃花潭 | 翟永立 ……152
原地打转 | 张鲜明 ……153

安徽卷

蜜汁 | 李云 ……154
蓝色货币 | 梁小斌 ……155
青海长云 | 乔延凤 ……156
活着,是件危险的事情 | 沈天鸿 ……157
石榴 | 帅忠平 ……158
温暖 | 许勤 ……159
双胞胎人格 | 余怒 ……160
侧脸 | 张岩松 ……161

江苏卷

南方丑角 | 车前子 ……162
爱真实就像爱虚无 | 韩东 ……163
在丰子恺故居 | 胡弦 ……164
目击者 | 邵秀萍 ……165
豹隐
　　——读陈寅恪先生 | 育邦 ……166

上海卷

一首关于戒指的诗 | 季振邦 ……168

老屋｜牧野 ……169
一只鸟｜孙思 ……170
母象死去的夜晚｜武陵驿 ……172
江南雾｜禺农 ……173
音乐｜张烨 ……174
变形｜赵丽宏 ……175
永福寺｜朱朱 ……176

湖北卷

我的蒙古包是天｜车延高 ……179
屋顶滑落的月光｜浮石 ……180
桃花谣｜荆江 ……181
我是你经过的西流河｜李艳 ……182
佘山游境图轴｜刘洁岷 ……183
莲及故乡的作物｜卢圣虎 ……184
我的春天｜燕子飞 ……185
红砖楼｜夜鱼 ……186

湖南卷

黑桫椤的祷告日｜海上 ……187
海边秋末六句｜解 ……188
五月的河｜凌小妃 ……189
七行｜刘年 ……190
像一卷史册｜谭晓春 ……191
黄洋界｜唐志平 ……192
春｜张战 ……193

江西卷

东方白鹳｜大枪 ……194
汨罗江与屈子祠｜戴逢红 ……195
千年银杏落叶｜洪老墨 ……196

旅梦江南 | 黄静远 ……197
相框里的白鹭 | 钱轩毅 ……198
遇见一个人 | 曲旦 ……199
河流 | 徐琳婕 ……200
风吃着旷野 | 周簌 ……201

浙江卷

今夜，让我的心跟随你们去武汉 | 黄亚洲 ……202
眼睛 | 六月雪 ……205
自拍 | 帕瓦龙 ……206
我的澎湃来自海 | 壬阁 ……207
为白杨而作 | 沈苇 ……208
渔父图
　　——致吴镇 | 石人 ……209

福建卷

高声喊叫 | 顾北 ……211
山顶上 | 荆溪 ……212
屋顶上的旧轮胎 | 康城 ……213
向两个伟大的时间致敬
　　——写给"中国观日地标"三沙花竹村 | 汤养宗
　　……214
另类的数学 | 许建鸿 ……215
璞玉 | 伊路 ……216
洪山：矿野时光 | 张左 ……217
擦拭叶子 | 子楚梅 ……218

广西卷

老木匠 | 安乔子 ……220
悲伤穿着一件大衣 | 非亚 ……221
长着人脸的羊 | 刘频 ……223

桉树林在出汗 | 陆辉艳　　　……224
我心至此 | 盘妙彬　　　……225
斧头上的情感 | 唐允　　　……226
那个在浣水河捕鱼的人 | 谢夷珊　　　……227

海南卷

以猎人之手 | 艾子　　　……228
蝴蝶 | 陈波来　　　……229
黄河入海口 | 韩庆成　　　……230
一只白鸡 | 江非　　　……231
致废弃的小学校园 | 李林青　　　……233
假象 | 许燕影　　　……234
所有的怨气在春天一笔勾销 | 乐冰　　　……235
打火机 | 远岸　　　……236

广东卷

白鹿原传奇 | 阿翔　　　……238
今夜，是除夕 | 波儿　　　……239
花苞开得很慢 | 郭金牛　　　……241
读大汾村志 | 黄礼孩　　　……242
耳朵很会做题目 | 赖廷阶　　　……243
安静的修辞 | 保保　　　……244
求救 | 行顺　　　……245
山脉中最垂直的那股力量 | 徐敬亚　　　……246
云东海的一朵野玫瑰 | 张况　　　……248

港澳台卷

日暮时分 | 古月　　　……250
吹口琴的少女 | 林琳　　　……251
斗室 | 秀实　　　……252

凶年之忍
——序《2020中国诗歌年选》

_徐敬亚

如果在结绳记事的远古，2020的庚子之年一定被结成一个又粗又壮的大疙瘩，疙瘩上再被刷上一层猩红的猪血或牛血。

这是煎熬的一年。

我们有生以来第一次和全人类共同遭受了一场恐惧和摧残。病毒从一座城市到另一个城市，从一个洲到另一个洲……七十多年懒散的全球和平被打断，我们迎头相遇了几百年轮回的大瘟疫。这是一场奇怪的战争：人们一个个发热、倒下，我们却看不见敌人。我们的身体同时成为子弹与标靶，魔鬼变成我们自己。全世界都在战斗，但战场空空如也……人们只看见医生和病人在搏斗，口罩和口罩在搏斗……毫不夸张地说，整个人类甚至在遭受着戏弄。

据说新冠病毒的直径只有100纳米，而1纳米仅仅是1米的十亿分之一。我算了一下：如果按全人类75亿人每个人身上携带1300万个新冠病毒，再把它们揉成球，这个小球大概只有一个鸡蛋那么大（注）。就是这样一只无限粉碎了的鸡蛋，在普通显微镜也无法企及的战场上，悄悄地撕裂了、阻挡了人类的文明进程。

病毒选择的登场时刻，恰恰是人类最意气风发的日子。正当赫拉利刚刚写完幸福满满的《人类简史》，AlphaGo刚刚战胜李世石……自动驾驶、5G、脑机接口……人工智能时代仿佛滚滚而来之际，大自然发出了它的"自然智能"。不堪一战的是，自工业革命以来的全部人工智能在"自然智能"面前遭受了最尴尬的训诫，无所不能的人类羞耻地退回到了默默抽泣的洪荒年代。

在这格外漫长的一年，我们干了些什么。百姓惊恐不安，医生无药可用，科学家只能不断试错……在灾难面前，穷人与富人平等了，弱国与强国几近相似……人类只有惊悚，只有忍受，咬紧牙关，捱过这煎熬的日子。

从诗歌发生学的角度，诗既是一个潜意识的入口，也是一个忍受的出口。在完全失去愤怒理由的时候，诗成为不时拍打你肩膀的朋友，成为精神水坝决堤前的渲泄。这时候的诗，是一剂自救之药，它比卑微者俯下身的姿态还要卑微，它已成为呻吟、抽泣，成为自己向自己伸出的另一只手……斯蒂芬·平克说过一段话："写作之难，在于需要将网状的思维用树状的逻辑通过线性的语言表达出来。"与一般写作相比，诗在最初发生时需要比一般写作更加广阔的搜寻空间，因此诗人面临的三维意识空间也更加凌乱。即使在"降维"为二维平面脉络之树时，诗人的"树状"也更加枝叉错综复杂。而在进入一维的线性表达时，诗人在语言面前的犹疑足以使每一个词语都成为谜语。这是自己对自己的整理与安抚，是自己对自己的搜查与提拔。因此，诗成为人们在复杂境遇和紊乱情绪时的一剂心药。

这一年，可能是最需要诗的一年。

在人群大面积精神低伏时，诗以自我唤醒的方式为人们提供心理支撑。在痛苦无奈之际，诗是一味痛苦的解药。想一想，当所有人都沉浸在苦痛与迷惘之际，面对那些可言说的忍受之痛、忍受之痒、忍受之耻，还有什么能比诗更无声地为我们化解并将其升华。

不要说这一年没有产生"伟大"的诗篇，那种靠一首诗震慑全民、引领全局的古老美谈早已作古。也不必遗憾灾难中没有涌现出名扬四海的桂冠诗人。刚升起的乌云不会立刻变成暴雨，也不是天下所有的鬼魂都能化为蝴蝶。以千古流芳和英雄史诗为标准，对诗说三道四的年代已经过去。灾难就是灾难。大灾难中的中国现代诗，恰恰表现了平民性的低调常态。在我看来，它至少守持了足够的尊严。当年那种"纵作鬼也幸福"的邪语，已成罕见。其原因并不是它缺少制造厂商，而是诗歌伦理的提升使之甫一出场便注定千夫所指。

不能再用陈旧的观念看待如今的诗。今天的诗，不再是炫耀盛开供人观赏的花朵。诗已经成为写作者生活的一部分，成为灵魂的附着物。在这苦闷的一年，诗无意间成为很多人的私人自救剂。在不眠之夜……在难耐的时刻……无数无名的诗人们默默写出的无名之诗，默默地抚慰了、熨帖了无法排遭郁冈的人们。我常常想，在当下的中国，诗已不再仅仅属于一种文学的体裁。诗已经成为一种灵魂的解脱方式，一种生命的发酵方式，一种存在的怒放方式。尤其是当下自由自在的口语诗，其书写的浅白性与随意性，已经成为自言自语的精致升级版。其传播的自由度与快捷性，已经具有演说和倾诉的意味。除了少数专业的研究者之外，今天还有几个人以文学史的眼光斤斤计较地审视自己的诗歌写作与历史价值呢。依我看，经历了大灾难的诗，没有被裹挟进一惊一乍的世俗界面，可能恰恰反证了现代诗的超越与还原。

也许很多年之后，2020庚子之年被后人书写得愁云惨雾，痛不欲生。的确，这一年粘贴了太多的苦难标签，从规模和宽度上，它已超过了我们有生以来最大的苦难。但如果后世的人问：这一年你们是怎样熬过来的。我们一定笑了笑。我们有资格纠正后人：那一年天照样蓝，大地五谷丰登……我们这些苟活者们，在新冠疫情大暴发过后，又上班下班，我们在恐惧中饮酒作乐，我们在瘟疫放慢脚步时甚至悄悄旅行……

我想起萨特的《占领下的巴黎》。萨特写道："许多英国人和美国人来到巴黎时发现我们没有他们想象的那样消瘦，无不感到惊讶。他们见到妇女穿着优雅的连衣裙，男子的上衣远看也不失气派。他们难得看见营养不良的苍白脸色和生机萎缩……不，德国人不是手执武器的在街上溜达的。不，他们在地铁车厢里给老年妇女让座，他们见到小孩子就会去抚摸他们的脸颊……占领是天天存在的事实。有人被问到他在恐怖时期做了些什么，他回答说：我活下来了……"

我们亲身体会到了大灾难中的平凡生存。与战乱、饥荒相比，我们的身体并没有被摧残，但一座座精神的磨盘却时时压在我们的心头，那是囚禁、窒息、无声无息的惊恐、六神无主……忍受，是屈辱的、迫使下的主观故意，是刚烈反抗境遇下的默默顺从。忍受比死亡更无奈，比杀戮更漫长，比崩溃更颤抖……即使在浩劫的年代还可以暗中呼号，即使在动乱与鲜血的年代心里还存着惊愕与愤怒………这一次，我们轻易地失去了积蓄那么多年代的人文悲壮。在比整个地球文明还要强大的对手面前，我们甚至失去了愤怒的资格，我们唯有无奈，唯有悔悟，唯有忍耐。

这就是2020年中国现代诗惊悚的背景板。虽然这本选集里，还会有一些欢乐的元素，也会夹杂着平淡的日常生活琐事与随想，但无疑，今年所有写出来的诗都是灾难的某种后果。诗背后站着的每一个人都是不平静的、疼痛的、隐忍着的。

说实话，更多的人，在这一年并没有灾难临头。我们获得的惊慌，绝大部分源于每人手中握着的小小发射与接收装备。在我居住的城市深圳，2019年的常住人口是1343万人，其中户籍人口494万人。而根据移动电话大数据，每天生活在深圳的人数是2500万，去掉过客与访客，是2200万。直至昨天，深圳累计新冠确诊人数只有471人，死亡3人。人类疯狂的信息传播，的确放大了灾难的恐惧。一串串可怕的空洞数字，通过电波的抖动几秒钟就传遍了全球每个角落。坏消息从来没有被人类这样快速地传递，我们第一次品尝了、忍受了被不祥信息吞噬的全球惊悸。

2019年我去过天水的大地湾遗址，那里有距今8000年前半穴居的原始村落遗迹。如果全球之灾发生在那个年代，大地湾将风平浪静，不为所动。想象中，一个顶着陶器的女人遇到一个从很远很远地方来的人，远方的人一次次地说起了可怕的远方消息。女人一定笑着说，远方有什么用，每年大地湾死10个人，今年死了一个。

人类似乎已经走到了千万年来的顶峰，我们最大的困惑仍然是对未来的猜测。与所有的大事件相比，我们的寿命都过于短暂。我们总是被卡在"过去－现在－未来"三段时空夹缝中最窄的那一段。正因为"未来"永远缺席。每逢大事临头，我们的心总是断落地悬在不知所措的猜测深渊。如今，第一轮次的瘟疫陪着地球走完了一圈，把我们放在一个顿挫之点。明年会怎么样？也许命运将起死回生，也许我们这一代人将目睹人类一段糟糕的开端。

31年前，已故诗人孟浪曾写过一首长诗《凶年之畔》。转眼间，他站在那一畔，我们站到了这一畔。

不能说人类放纵的年代已经过去，但不祥的气息和收敛的笔触，已经显露在每条道路的警示牌上。一个灾难的出现，可能派生出无数新的灾难。也许明天一条又一条莫名的皮条将不断勒进我们的皮肉，生存逼迫的刻度表将不断上下窜动。但对于人类这种生物来说，哪怕只剩一个人也会残喘而活。我们不但善于吃苦耐劳，而且将耐病、耐耻、耐灾、耐不好的日子和心情。

我，和这本诗集里的所有诗人，多么希望人人平安，国家平安，人类平安。但我要说：灾难，是这个星球提供给我们全部生存要约的一部分。无论是植物、动物，一切生物，包括人类，忍受都是生命中的必要元素。

记着，这本诗选集写作于我们有生之年遭遇的首个瘟疫凶年，它已成为特别岁月的边缘性史料。将来有谁想触摸当年心情中的蛛丝马迹，就翻翻这本"凶年之诗"吧。

2020年11月12日于深圳

注：新冠"病毒鸡蛋"体积计算如下：

①每个新冠病毒直径为100纳米，球体积4/3πr立方，体积为522,025立方纳米。1纳米等于1米的十亿分之一，即每个新冠病毒的体积为5.22e-22立方米（小数点后22位）。

②假如75亿人每人身上有1300万个新冠病毒，病毒总数为9.75e+16（即小数点向后移16位）×单个病毒体积5.22e-22立方米=0.00005立方米，即50立方厘米。

③每个鸡蛋的大小约为50~70立方厘米。

北京 卷

白纸青春

_安琪

穿白衣的少女,她蓬松松的裙子
也是白的,她的腰带是白的,低帮鞋是白的
她的面孔也是白的,心灵也是白的
她是一张白纸尚未涂上莫名其妙的一笔
她和一张白纸共舞,白纸时而在她脚下
时而在她手上
白纸就是她的青春,无邪。
白纸就是她的爱情,虚空。
一张白纸的少女,双手提着裙裾,躬身前行
起初只是踱步
后来就是旋转,啊清秀的少女,天地辽阔
如无边的白纸,适合你奋笔疾书
美好诗篇。
你旋转、旋转,仿佛一支永远也不想停下的笔!
我看见月亮倾倒它的光芒到你身上
鼓声激荡

箫声神秘，每一个人都是自己的纸，和笔。

（原载《文学港》2020年第5期）

浮生记

_北乔

河水欢快，岸
抑制不住叹息的汹涌
芦苇与桥的静默完全不同
燕子可以像鹰一样滑翔
解说飞行有意味中的无意义

人一生中总会在河边走过
区别只在于鞋湿或没湿
水里的倒影，或许才是真正的人生
我们在乎细枝末节的真相
不知道天空深处有没有另一个倒影

每向前走一步，身后的村庄就
毫厘不差地退后一步
行囊最沉重的时候，一切最为虚空
黑暗之中，巨石与微尘
都拥有无限的空间，交谈归于寂静

（原载《雨花》2020年第9期）

留下这些草

_花语

杂草长得远远超过精心培栽的绿植
铆着劲
要证明活着,他们存在
不介意蔑视鄙视歧视和无视:
草有向上的枝条
深入地心黑暗的勇气
不顾一切

我须要养一群羊
几只兔子,甚至一匹马
来安放这些野草和我内心
与生俱来的较劲

那些生生不息
被命运反复折断,反复打回原形
反重疗伤反复在断层和变频的
修复中
再次直起的腰杆,多像草
弯过,流着绿汁
无法痊愈,沉沦后的不甘

留下这些草

我需要羊，飞奔的兔子
野心和空旷

（原载《诗潮》2020 年第 4 期）

读一个重症打鼾者的日记

_ 霍俊明

日记本已经霉变发黄
翻到其中这一页
当年
就活生生来到了面前

那是在西南某地
某青年旅馆
一个房间
三张床

一个打鼾者喝多了
倒头便睡
在半夜的头疼中
他翻身坐起

一左一右
是两个加夜班的马达
旅馆成了轮船底层的机房

鼾声时而间歇时而急促有独唱
有和声
有摇滚乐有重金属
有鼓声阵阵号角齐鸣万马齐喑

醒来的打鼾者
惊呆良久
他走到房门外的黑夜中那时
正在下着
八十年代的雨
那时雨声中的悬崖时有碎石

（原载《诗潮》2020 年第 9 期）

秋忆

_李少君

阴翳林子里，沿途看见一些墓地
秋风沙沙，鬼魂也需要被追忆
一些已经逝去的人，固执地重现
星星点点的红白小花，似叹息围绕

远山的薄雾，与我轻微的忧郁症相适应
唯耳边的鸟鸣，提醒一点清晰的意识和活力

（原载《草堂》2020 年第 2 期）

苹果其一,缩塌

_林白

你就要真正缩塌
在把腐臭倾倒给世界之后

裹挟万物的汁液
退潮了,喷溅白色的泡沫
你回到黑暗
回到大地深处。

你离开
世界将分崩离析。
我要提前悼念你
也悼念世界,
并追忆你与世界
同在的日子。

我也许会在深渊倾听吧
在你消失之后的空白处。

(原载《花城》2020年第4期)

靠近约克

_梅尔

我从荒原拖回最后一根树枝
那是我的最后一把剑
最后一把对付和安慰自己的匕首
我的最后一支流血的笔
虽然血正在干涸

我找不到一张纸
就像一个农夫失去了土地,云
失去了天空,鸟没有了归巢
从伦敦国王火车站带到利兹的最后一片面包
像一片仅存的墓碑
等待同样褐色的墓志铭
没有人知道鸟在想什么
那只萦绕的蝴蝶是扇动翅膀的夜莺
遥远的蓬勃正在摧毁最后一片故土
所谓喋血的歌唱就是沉默
用沉默对抗所有的乌云

回望我鸡零狗碎的生活和惊心动魄的一生
只剩下了这根树枝,我最后的武器
在靠近勃朗特故居的荒野
我希望那能挡住我的眼睛,这是

上帝赐给我的遮羞布，我是30年前
那只伤弱的母狼，唯一的不同
我有了两个温暖而问题重重的仔

回到石斛花盛开的早晨
隔着遥远的大洋，我的剑碎成的互联网的字符
虽然充满了火药，但毫无用处

（原载"世界诗歌网"北京频道2020年10月5日）

夜读杜甫

_师力斌

他不是名人不是牛人而是草根
他当不上官发不了财非常失落
捧得再高他也是个潦倒的人
不谈爱情不谈金融他只想政治

江山与他没有关系他只在皇城办过公
半夜三更睡不好觉还想着皇帝的事情
乱世以后才忆起老婆忆起孩子留恋家庭
国家的小吏往往不是一个称职的丈夫

与人交往没有高官没有贿赂只送诗歌
文艺界的朋友有几个能帮你解决职称
经常借钱靠朋友周济过得实在艰难

大醉之后却评古论今仿佛英雄

酒醉开辟新纪元
狂歌自做小朝廷
万世凭心诗为主
冠盖日月映虚名

（原载《安徽文学》2020 年第 6 期）

秋天的原野

_吴颖丽

秋天的原野
有她自己的情绪
那是落叶发出的叹息
是蜂蝶正在匿迹
是她的孩子们
欢愉后的沉寂

枕着这无边的沉寂
我竟沉沉的睡去

在梦里
我也变成了原野的孩子
内心有无限的欢愉

或许
我还曾流下过滚烫的泪滴
在那些泪滴里
尽是
纵横交错的悲喜

（原载《草原》2020年第3期总第668期）

钟声

_徐南鹏

整点时，西单钟楼就响起清冽的钟声
像是怕别人忘记他
或者怕自己打瞌睡，一天一天
他不敢合眼，生怕醒不过来

我也为他担心
倒不仅仅是为了我，每次听见他
都像是看见一根鞭子挥舞着，驱赶着

却从来不告诉我该去哪里

（原载《诗刊》2020年8月号上半月刊）

总有人比我更老

_叶延滨

你不叫我叶老师了
叫我老叶了
我笑一笑,回答好
你不叫我老叶了
你叫我老大
我也笑笑,不言语
你不叫我老大了
你叫我叶老
我笑一下,不回声

我想总有人比我老
朝前想太远
地平线总在前方
朝上想太累
上头事情像雾像云
闭上眼回忆往事
事情里那些年轻的脸
冲我笑开了怀:
你是小叶?真老了……

(原载《诗潮》2020年第10期)

野有蔓草

_张清华

从卫风穿过王风,来到了略显放荡的郑风
郑地之野有蔓草,采诗官看到
蔓草疯长,上有青涩的新鲜汁液和味道
他轻触着这片最小的原野,它茂盛的草丛
尚未修剪。风轻轻掠过,小谣曲
在树丛间低声盘旋,湖里的涟漪正在荡开
他的手也变得虚无、无助,像游吟者
那样伤感。"野有蔓草,零露漙兮",语言
永远比事实来得贫乏,也可能丰富。它们
从来都不会对等的碎屑,此刻挂住了漫游者
让他不得不抽离于凌乱的现实,驻足于
那些暧昧的文字和韵律,并在语句中
搅动了那原本静止的湖面。将小鱼的躞蹀声
悄悄遮覆在温柔之乡的水底

(原载《诗刊》2020年9月号上半月)

黑龙江
卷

四野黄昏

_安海茵

黄昏的使命是为谁燃烧？
无休止地拓宽边界。
无限追溯永远。

黄昏掩埋好一只接一只的信封，
她不企望更多远人的傅彩传情。

而更多的远人致力于侧卧，听宿雨。
助推星月的缠裹、背离。
那一场燃烧业已冷却
在岩石的横切裂变中止语。

（原载《深圳诗歌》2020年下卷）

古城之魅

_李琦

洛阳桥上,望着那些
古装扮相的人,我走神了
我看见水手、商贾、僧侣、神父
我看见长袍、袈裟、丝绸衫裙
官员、书生、贩夫走卒、布衣百姓
闽南语、意大利语、阿拉伯语……
船只往来,白鹭展翅,刺桐绕城

曾是世界上最繁荣的港口
自然,松弛,人类交往最好的状态
市井街巷,色彩斑斓
像一副华美的波斯挂毯

一座古城,集合了万象
每一寸肌理都大有意蕴
千年一瞬,从古到今
其实也算不上多么遥远

不是什么,都可以随意戏说或调侃
面对历史,须持虔敬之心
你看,开元寺里,有对联为证
廊柱上,那是先哲与高僧的遗迹——

"此地曾是佛国
来往皆是圣人"

（原载《十月》2020年第2期）

雾中雅克萨

_鲁微

300多年后的一个正午
大雾弥漫，远山迷蒙
我的船只，驶进了这片水域
由远及近，我隐隐听见
隆隆炮声和岸上　战马的嘶鸣

300多年前的这一天
也是弥漫着浓雾的正午
一位名叫萨布素的将军
提兵勇万千　从墨尔根城
一路烽烟　直取漠北

古城岛上，将军一手握腰间佩剑
一手搭在红衣大炮"镇北侯"身上

劳师虽远，每一寸疆土在心间
使命神圣，和遥远无关
以普通百姓的名义

以国家的名义
收回祖上的家业是军人本分
迎敌而立的将军　萨布素面露杀机

江风吹动将军战袍
与猎猎军旗一道，哗哗作响
萨布素的对面，雅克萨城壁垒森严
那是被盗贼盘踞已久的森林和城堡
萨布素的身后　是祖祖辈辈沿江而居的民众
是华夏大地繁衍生息的沃土

冷峻威严的萨布素　时而击楫江中波涛
时而策马古岛尘土
战马嘶鸣，夹杂着涛声
两军对垒，生死于瞬间
隆隆炮声过后
一切沉静，灰飞烟灭，
唯有灵魂在升腾

300多年的今天
我的船只由此通过
看雾中雅克萨
我怀念着那尊贵而基本的尊严
时隐时现的雅克萨　倒映在江水波影里

突然发现　我倒影映在水中
看到了江中自己的倒影
不知在什么时候　已泪流满面

（原载《北极光》2020年第9期）

一朵雪花的诞生

_ 潘永翔

在北方
在渐冷的初冬
北风穿过一条灰暗的马路
向更远处的灰暗走去
落叶和尘埃围绕
鸡鸣狗叫
茅草房安坐在
村庄的喘息里
在北方
万物有命
各得其所

此时
只有阳光慈祥
远处的河流
不知道雪花落在何处
我不知生命怎样穿越
世俗的寒凉
站在黎明的高处
此时
我为你的第一声啼哭驻足
北风向北

星光璀璨
我把你安顿在一朵雪花中

我想用生命的余温剔除所有的寒冷
我用新鲜的词语剔除雪花中的"雪"
我把你留在花里
像蕊
像蜜
像一朵花的今生

（原载《海燕》2020 年第 6 期）

地理学

_ 杨河山

我在东大直街。
斯羽在和平三道街华东大厦学习地理网课。
红旗在第九中学屋顶上飘扬。
大海在几千公里之外。
亲人们在绥化，哈尔滨以北的一个城市。
母亲在绥化西部五公里处
的新华乡，那座长满了玉米的墓地里。
风，旋转，桃花在湘江公园盛开。
许多带刺的植物生长在
西部的荒漠。角马在非洲红色草原飞奔。
佩索阿在葡萄牙的街道上走着。

六月,雨水将变得盛大,
绝大多数时间,太阳在东南方的天空中闪耀。

(原载《诗林》2020 年第 4 期)

八百里太行,是一盘无解的棋局

_ 赵亚东

八百里太行山,我们看不清,也看不透
群峰肃立,万壑无声,没有一座山峰因为谁的到来
而喜形于色。
黑白不会分明,高低只是错觉。山峰上的崖柏亡故千年
还在弥散着异香。那高飞的乌鸦
遮不住太行山微微睁开的眼睛
人世如乱麻,来不及梳理。八百里太行山
是一盘棋,每一座险峰都是一个棋子
有人在暗中摆布,风云变幻,我等草民一无所知
幸与不幸都不重要。偌大的太行山
只是一个无解的棋局。
我们既不是棋子,也不是对弈的棋手
我们只是一缕微尘,不觉间,惊扰了神仙的雅兴

(原载《花城》2020 年第 1 期)

吉林 卷

大围子村的黄昏

_ 葛筱强

雪后的黄昏又漫过院墙外
那片羊群散尽的栅栏了
在大围子村,黄昏有时还会意外地
多拐几道弯儿,才慢腾腾地栖落
在杨树林成排的阴影里
仿佛它在途中遭遇了更多的秘密
比如,草场寂静,正被时光逼退
比如,星斗提前悬于头顶
正好照亮牧羊人蹒跚的归途

(原载《人民文学》2020 年第 7 期)

失败的人

_任白

滚石上山,每次都有一颗星星升上天空
而太阳隐匿星光,隐匿无字的经卷
谁能降下黑夜,用缀满水晶的华袍裹住你
残损的手足,和烧焦的记忆
你向山下走去,漫山荆冠
而大地捧出诅咒的灯盏

——赞美你!失败的人
是你使人免于失败
直到尘土为你建筑永久的圣殿

(原载《作家》2020年第12期)

近来身体多有不适

_王法

右腿的膝关节又疼了
不知是痛风还是什么原因

他的人生向来没有什么目标
像枪口遥指虚渺的天空

近来身体多有不适
胳膊　腿　腰部多处关节轮换着疼

风似乎在刻意忽略些什么

这些年
岁月不断地向他的身体里
种植难以计数的刺和钉子
用无以复加的痛试图降服

窗外，那些天真无忧的孩子
欢跳着玩耍

阳光很好　空气清新
天蓝着
树绿着

花红着

他重新拾起枕边的诗集
跑马场就在不远处
周围散落的草绿得耀眼

（原载《不周山文化传媒》美篇 2020 年 9 月 10 日）

立春

— 王丽颖

奥利弗的野鹅
是我喜欢的
你也是
我喜欢的
像知道春天
就要破冰而来的那种

我告诉你我喜欢的
也告诉你我悲伤的
我途经她荒凉的忏悔和柔软的身体
并听从她的劝慰

我看到
一只野鹅从极寒之地起飞
白雾般的羽毛

轻盈地，掠过人间的薄冰
神一般安抚，那些渴望春天的人

（原载《诗刊》2020年第3期）

即景

_宗仁发

1

蚂蚁不会这样
死气沉沉排着队
一动不动
发动机还有余热
流浪猫钻进下面取暖

记忆不只在导航里储存
轮胎也知道在途中失去了什么
谁能再回到矿石的层面上
谈论钢铁呢

2

雨伞打开寂寞

旋律每次都不同
脚步在看不见影子时
依然参差不齐

水泥的笔画格外
清晰　甚至看得见
里面的钢筋在用力

麻雀翅膀沉重
有些饥肠辘辘
贴在窗玻璃上卖二手房
的电话号码
又一次使时间坠入虚无

3

鸟鸣时天色尚早
睡眠是个缺乏稳定性的词语
风　我们都知道它
但还是说不出来

钟声回荡在某个山谷
暴露了意图
在崎岖小道上徘徊者
脚步加快了不少

4

工地无处不在
挖沟机的噪声
比协奏曲自信
看得见尘土飞扬

鸟语花香退场

生活也正在上班路上
催促的指标与心电图早已媾和
打桩机会一边喘息
一边将坚硬的物件
楔入蚯蚓的睡梦里

(原载《深圳诗歌》2020年上卷)

辽宁 卷

风吹我

_川美

风吹我之前,吹过什么?
山丘,树木,树上的小鸟
白发人吹弯了腰,状如飞蓬

风吹我之前,吹过许多朝代
皇帝和皇后也给吹跑了
风,依旧吹,吹着野草和臣民

风里有多少风,谁知道
这勃然大怒者跟谁勃然大怒
它拧断山的脖子,踢翻海的脸盆

摔打一头大象,像摔打一只蚂蚁
那时候,人瑟缩在房子里
心,是最薄的墙壁

这个春天,有风吹我,一遍遍

不知想干什么
我顺从怎样,不顺从又怎样?

风会爱上我么?它亲吻我的额头
却不以面貌示人,如此
也好随便亲吻别的人吗?

风吹我之后,还吹什么?
山丘、树木、树上的小鸟。白发人状如飞蓬
风无死,可作弄万物

(原载《诗歌月刊》2020年第9期)

南山

_大连点点

林深,独行
随便找条路,走一走
野荆,野花,沟谷,水库
倔强的钓鱼人,又把竹竿甩出去

小树已歪肩,或有老树
蹲在路口
以斜视
对应我的盲目和潦草

真的,我不知道我想看见什么
不知道一条路从哪里开始
到哪里能够结束
但我,终于走到山顶

那里,小松鼠刚刚抱住一颗野果
好多人刚刚哭过

(原载"诗日历"微信公众号 2020 年 7 月 21 日第 2011 期)

麻雀

_ 大路朝天

一只麻雀
在街心花园的松树上
跳来
跳去
跳一下
就有雪
簌簌地落下

它飞到地上
一动不动
就像雪地上落了一个松果
可它又突然飞走

让雪地重新变成了一片空白

(原载"汉诗推广"微信公众号 2020 年 7 月 1 日)

论沙发

_高咏志

沙发我还是
喜欢皮质的
真皮也好
仿皮也好
你坐上来
它都会凹下去
你离开
它再慢慢腾起
时间长了
它会变得柔软

不像那些木头的
你坐上来
你离开
它一点呼应
也不会有
就像我们这个
硬邦邦的世界
你来了

和你走了
都一样

(原载《琥珀诗报》2020 年第 7 期)

海边的时间

_ 季士君

目睹一排海浪消失
其实就是目睹另一排海浪
紧随而来
一些海鸥正从礁石里飞出
与另一些从浪花里飞出的海鸥
在天空相遇
那些没有翅膀的三叶虫
已在石头里停留了上亿年

坐在岸边
布满皱纹的礁石
像一群被浪花捆住手脚的逃亡者
同样用了上亿年的时间
看着那座岛屿
仍在反复探测大海的深浅

一片片浪花在沙滩上
不断划定与大海的边界

又不断修正
慢慢爬上礁石的贝壳
并没有离开的意思
它们要以嵌入的方式
和石头一起
参与修改亿万年后的地貌

而这样漫长的时间
只不过是海鸥们
一次起飞和降落的时间
它们还在盘旋着
好像并不急于
从我们的目光里飞出去

(原载《深圳诗歌》2020年下卷)

交换影子

_姜庆乙

把影子变回你
只须撤掉
想象的梯子

早晨或傍晚
是前方的影子牵引
肉身行走

在肉身里面
一把锈锁
像紧抿的嘴唇
等待一句咒语瓦解

谁又能扶起
贴地而行的身影
除非和你
一同躺下

但活着
就无法不
提头上路

(原载《扬子江诗刊》2020年第1期)

午夜听到时钟响

_辽东天籁

月夜向来不是平静的
亡灵们顺着月光的藤蔓
攀缘而来,在人间
咔嚓咔嚓行走,像走在自家的庭院
并不奇怪,这个尘世本就属于他们
活着的人白日飘浮劳顿

此时都陷入梦中
我睡后复醒,听着那些步点
想起自己寄居者的身份
渐渐感到心虚和羞惭——
这立身之地已借住了几十年
这具旧皮囊已占用太久
而无端的消磨和浪费之后
仍旧一无所获,一无所偿
让我不可辩驳地
成为一个赖账的罪人
隐秘的午夜,自己的囚牢
时间的锤子越来越重
正在进行着新一轮的拷打

(原载《诗歌周刊》2020年9月27日第425期)

我的心只有拳头般大

_ 刘川

我的心只有拳头般大
它也的确是一只拳头
整天在里面
砸我的胸膛
尤其愤怒之时
它会嘭、嘭、嘭,使劲地砸
它要去殴打这个世界

还是要殴打垂着两只手
从来不反抗的我

(原载"诗星晨"微信公众号 2020 年 3 月 3 日)

芒种日,我种下关于你的幻想

_ 齐凤艳

芒种日,我种下
关于你的所有幻想
不止五颜六色,不止
云蒸霞蔚
它有芒
似剑,似闪电,似大海上
奔跑的豹子
而我
是宁静的
安心于这过程即成果
漫野飘香啊
那金灿灿的是谁的背影
于谷穗的波浪

(原载"潮头文学"微信公众号 2020 年 6 月 28 日)

天津卷

有一种沉默的语言

_朵渔

像每天那样,坐下来,面对一张
白纸的心情,有如面对一座沉默的教堂
他的几本诗集,放在书架上,仿佛
一堆雪中最不起眼的部分,并将在
今后的岁月里不断融化,以至于无形
也许会有一两首留下来,但那又如何?
写作无非是保留自身的脆弱性,并邀请
无限的少数人来庆祝人性的失败。
人只须欣悦地哭泣着,将自己交付出去
让生命涌现,而诗也并非无可替代
有一种沉默的语言,更胜于言说
他知道,一群挑剔的读者在等着他
写出点什么,他却把笔合上
什么也没写,只把心中的话
向上帝默默地祷告了几句
就像他每日清晨所做的那样。

(原载"一见之地"微信公众号2020年5月7日)

进冯至的小园不必敲门

_ 罗振亚

"中国最为杰出的抒情诗人"
鲁迅独送他这柄尚方宝剑
一直悬在诗空不见动用
从郭沫若举起的那座高山
到九位年轻人开出的叶子
连墓碑上站着的"冯至教授之墓"
都悄悄绕开了诗人二字
因为里尔克和杜甫都教导他
贴近泥土的花朵才最娇艳
诗歌老了必坐下来沉思
温习着昆明十二月的风声
郑敏和袁可嘉微笑从身旁走过
有一种说不清的东西正在
"从我们身上脱落"
他放出的那条"蛇"不长角头和长芯
哪个人体内没住着蛇的寂寞啊
掐指算来主人外出云游二十六年
耕耘的文字小园却依然茂盛
哪一天谁沿着"小河"流动的方向
路经哪里都可以径直进入
未上锁的小园不必敲门

(原载《扬子江诗刊》2020 年第 2 期)

改变世界

_王士强

几年前,我们有了一个女儿
古灵精怪,活泼可爱
看不得她卖萌,见不得她落泪
——算了,差不多得了
快乐就好,平安、健康就好
如果是一个男孩
一定要高标准严要求
让他干大事,改变这个世界!

去年夏天,臭小子来到我们身边
现在他八个月,会坐,会翻身,会爬
会吱哇乱叫
还有,会笑
看到认识的人,他便笑起来,手舞足蹈
鼻子和眼睛聚到一起,眼睛眯成了一道缝
什么叫无邪,什么叫纯真,什么叫灿烂
就是这

——算了,别改变世界了
这个世界乱糟糟
你的笑容最重要

(原载《深圳诗歌》2020年下卷)

先贤录

_王彦明

他们会以某种方式回来。在浓雾里
小草的尖叫,有火焰的味道。
他们扔出的拐杖,可以化为邓林
眺望的目光,成为星辰。
在衣襟里别一枚针,缝合
伤口和人世的颠簸。

在幽暗的岁月里,我进入秘密
通道,悄然靠近
这深处的海,在波涛里
可以体验一只鲸的傲慢。

那口袋里的粮,人世的光
都悄然隐退,仿佛
暮春的桃花,窸窸窣窣
跌在夜晚的月光里。

(原载《草堂》2020年第2期)

影舞·看

_徐江

我在空荡荡的放映厅
看查理·卓别林的那部
《摩登时代》
正演到卓别林
被裹在齿轮里
像个肉虫子般
在机器里乱钻的那段
我回头看了一下
是真的
整个大厅里
确实只有我一人
扭回头继续看银幕
查理继续
在黑白机器的缝隙里蠕动
这时给了一个特写
他开始望着观众席
小胡子不见了
戴了副眼熟的近视镜
不,这不是他的脸
是我的
现在它正望向观众席上的
另一个我

我惊讶地用手捂住嘴
不让自己叫出声
手心被什么扎了下
是胡子
我现在不只有胡子
还穿着一条工装背带裤
是查理在电影里穿的那条
现在——
像我的查理在银幕上
穿着我的短裤
我穿着他的
不,我穿的
其实还是我自己的
我是查理
银幕上望向我的
是我刚才在银幕上看见的
观众席里的那个家伙
"END"

(原载"诗 mail"微信公众号 2020 年 7 月)

内蒙古 卷

生日礼物

_敕勒川

你寄来一支钢笔，附带的，你还寄来
一瓶墨水，你安抚过的空气，没有拆封的
秘密，你反复修正过的月光，你身体里
散发出的馨香……这么多的礼物，我须要
仔细清点，用一生的时间，来慢慢安放

这样的生日礼物，的确已不多见，于我，一生
也只有一次，这就像一个错别字，一旦写下
就无法更改……更何况，我得小心，不要划破
一张纸的温暖……一页受伤的纸
会让整个生活疼痛

一定是在某个黄昏，最好有雨落下，我坐在
一盏暗淡的灯下，铺开整个夜晚，我为你写下
这个时代少见的景象：纯手工的爱情，笨拙的思念，白纸黑字的
素朴的日子……而最后，无论我写下什么，写下的
都是你说过的和你将要对我说的——

亲爱的,见字如面……

(原载《诗选刊》2020 年第 1 期)

冰川

_独桥木

亿万年凝固的汁液
被太阳所食

晶莹　透明
而我是那滴
无法到达你内部的巨大天空
躺下
用雪水思念你　吸吮你
不顾一切的体温

孤寂和洁白　停留在冰崖上
松鼠的睫毛
沾上了雪的花粉
藤条惊恐地爬进坟墓
从云中扯出空中最后的门闩

(原载《草原》2020 年第 2 期)

夏

_关门雨

仿佛
一切都很忙碌

那抹云刚从后梁探出头来
便匆匆向南游去。气喘吁吁的
雨紧随其后,洗刷足迹

之后,是新鲜的阳光
擦亮的树叶、草丛
和村前的小路

垄,拽着人们
和忙不迭的心思

草帽、锄头与父亲
揪扯在一起

夏,就有了色彩

(原载"安徽诗歌"微信公众号 2020 年 6 月 9 日)

洪荒

_王楚

这石头,有着万年牢固的内部
有着深色密布的斑纹,有鱼的身体,充满敌意

我坐在神话隆起的背上,劳作使骨头弯曲
生肉使皮肤的颜色变白

月光困在海面。一群鸟在快速俯冲
草原开始从水底升到地面

(原载《科尔沁诗篇》2020年卷)

那扇门

_温古

自从有了一扇门
屋子内外的世界就有了互通的愿望
期待进来与渴望出去的思绪
与日俱增,时间克制着冲动

但是,我的表达
没有说出两个世界的微妙和关键
我没有选择好恰当的词,开启这首诗
像黑暗中,没有摸到那个
门把手

(原载《草原》2020 年第 6 期)

在杜甫草堂想起你

_闫红梅

坐在杜甫的草堂边,我却忽然想起了你
抬头的那一刻,仿佛你就站在他的身边
像极了他隔世的兄弟

一千多年了,杜甫的名字、杜甫的诗
被一代代人念着,诵着,像当初父亲读给我,我又
一首一首读给我的儿子……

他静静地坐在那里,单薄,消瘦,孤独,悲悯地
看着熙来攘往的人,摆弄着手机、相机,拍照
留念……

可手机、相机怎么拍得出
秋风的冷、刺骨的寒?怎么拍得出
他腹中的饥与饿?还有那个慌乱、动荡的
岁月

我小心翼翼地抚摸
他的手
纤瘦,冰凉,想起你对我说:
代问子美兄
好!

(原载《草原》2020 年第 1 期)

不止于轮回

_张无为

岁月把磨平的铡刀,一排排
切片再切,碎屑藏进耳蜗
所有人聆听到你聋哑之前
最后的余音,所有浮尘
积淀在最深处,真切如黑色光
一片静好,没人相信确切答案

至今看不透,那些盲人
流浪到故纸堆拉琴,翻阅
和蓝幽幽的光一起舞蹈
啷当小调,把自己
埋到脖颈,漫过心
安放在静谧处,拼凑出史诗

(原载《诗歌周刊》2020 年 9 月 14 日第 423 期)

新疆 卷

汉朝末年

_笨水

我生在那时,素无大志
只开了间打铁铺
铺子外也种了桃树
记得有一天,炉火不熄
我却拒绝做生意,只等他们来
我给他们看最好的钢
他们走后,我把新炭添到炉上
炉火猛烈,钢铁柔软
我落锤比细雨更密
把一瓣瓣飘来的桃花,打进刀口
刀锋剑刃,留给他们去试
我等消息
"张飞挺丈八蛇矛直出,手起处,
刺中邓茂心窝,翻身落马。"
"云长舞动大刀,纵马飞迎。
程远志见了,早吃一惊,措手不及
被云长刀起处,挥为两段。"

好个"刀起处挥为两段"
我暗自惊叹,一边从炉火中
夹出一块红铁,落下一锤

(原载《诗潮》2020年第7期)

小夜曲

_陈素凡

总能在众多雨滴中
分辨出木鱼声
我知道,那也是雨

睡不着,我就想象出一个
雨中打坐的人——
他才出家不久,还有很多牵挂
你听,雨急一点,他就乱了方寸

(原载"笨水养鲸鱼"微信公众号2020年7月1日)

暴雨,及某些片段

_耳南

雨水与河流,这是养育的两个方面
前者使人成为群居动物,后者则不断挥手告别
而一次新生只能由乳汁构成
永久地,独立于流动的事物之外

如今常跟祖父坐在一起,不久后
我也将学会为自己刻一块墓碑
这是跟后人妥协的一种方式
喜鹊聆听祷告,为一众信徒
把手捧鲜花的人挡在门外

用一万次分别换来一次日出
一场野火却足以消灭四季

深夜,男人和女人都将远行
一列火车正驶进来,五点雨落时
在兰州只停靠五分钟

(原载"诗歌杂志"微信公众平台2020年4月14日)

浑身放射着鱼的金色鳞片之光

_ 贺海涛

或以千手观音灵动纤细曼妙地齐挥兰指
或以敦煌飞天歌舞伎反弹琵琶咏唱羌笛
仿佛大诗人埃利蒂斯
欣赏了风采在华夏续写蓝色庭院中
《疯狂的石榴树》的续篇
21世纪校园里互相倾慕的女神们和男神们
也踮起足尖仰望泰山日出一般
华夏子民们从无梦到悄悄破土吐芽萌动
小梦家梦国梦科技梦
人类命运的手渴望神助
在每个人最渴望达到、最想得到的时候
在年轻人光洁的额岸上点上红痣福星
那种佑助之魂浑身放射着鱼的
金色鳞片之光

（原载《民族文汇》2020年第3期）

病中书

_南子

仿佛世间万物都彼此相异
照亮了各自的寂寞

仿佛我的身体在尘土之上
而灵魂正四面敞开

仿佛爱情亦有着膨胀的孤寂　像迟开的水
曾经温馨的部分已经散尽

仿佛恐惧像暗器　振荡出古老的波纹
奇迹也无法安慰

仿佛厄运跃过冬季消瘦的月份
我看见它　正用陌生的沙漠牵引大海

仿佛无梦的人　更像是梦游者
步入蓝孔雀，流水和精灵的虚谷

仿佛"活着"是诗人空谈过的一个真理
只有到别处去死　桥头人才看不见桥下人

仿佛远方的僧侣　回头一笑

五月的嗓音　融化在黎明

(原载《鸭绿江》2020年第6期)

钟鼓楼

_王兴程

钟是新铸的，一块崭新的铜
被盛世锻造成赝品

当它被撞击时
发出了一种类似摹仿的声音
它像似要把一个王朝
流落到民间的声音唤回

当一块铜被再次撞击的时候
一群乌鸦突然起飞
深秋的叶子落了一地

惠远城外的庄稼熟透了
遍地的谷物和露水
又一次开始了重生和堕落

从历史中挣脱，伊犁河蜿蜒西去
老城墙的裂纹还在继续扩大
它的墙体在继续坍塌

(原载《诗歌月刊》2020年第9期)

宁夏 卷

世界上曾经有过我们的那些时光

_马晓雁

下大雨的这个夜晚
听一种执着清洗的声响
你穿着花裙子
我趿着红鞋子
槐树的花叶凋落下来
在我们之间无词的地带

衰老　中药　伤湿膏
不知不觉成为生命中的一部分
但这些并不能使我们忧伤
你说那些叶片和脚迹
没身世的样子
让人伤感于某一天回首往昔
竟无处敲门

现在，我们是否已抵达

那些世界上曾经有过我们的时光

（原载《诗刊》2020 年第 9 期）

在秦长城上眺望

_唐晴

沧桑了千年的秦长城，迎着晚风
在空旷而荒凉的黄土地上，孤独地蜿蜒
而我是一枚被时间遗落的古钱币
锈迹斑斑的躯体为青草鄙视
又像是一块被战争粉碎了的青花瓷片
被岁月侵蚀，留不住虫蚁的步履

这是一个深秋的黄昏
夕阳映照着大地，也映照着我
缓缓地走上破败的烽火墩
恍如一支被风霜锈蚀的长剑
插进历史的最深褶皱
再一次面对天空飞溅的鲜血
面对鸦群盘旋的黄昏
历史的狼烟被风吹散

破败的烽火墩，耸立在历史和现实的入口
无论向前还是向后
我都不能成为一个时代难解的结

万千血肉积淀而成的泥土,依然枯瘦
累累白骨之中,有我不安的灵魂

(原载《朔方》2020年第10期)

其实我一生下来是有翅膀的

_ 瓦楞草

那个小小的翅膀一面世
就被父母砍掉
再生出又被砍掉,直到不再复出
他们当我是树
不允许分杈

他们希望我高大挺拔成为值钱的木头
但我最终没能成材
还偷偷学会了飞

我在梦里飞
这件事他们到老的时候都不知道

(原载"十二背后"微信公众号2020年3月7日)

像一个无家可归的人

_王怀凌

父亲走时,带上一扇门
母亲走时,带上另一扇门
出门谋生的弟弟,临别,上了一把锁
——这锈迹斑斑的人生啊

我时常在梦中逆光劳作——
给自己造屋,平整菜园
在一棵酸梨树下种下落叶归根
的心愿
直到梦醒时分

像一个无家可归的人
数次——路过
把门前的歇脚石坐热了——又回凉

(原载《绿风》2020 年第 1 期)

残阳如血

_杨建虎

应该是雪,映衬最后的光线
医院的黄昏,如果可以,就出来走走
暂时逃离慌乱的住院部、拥挤的床位
一个人在院子里,看最后一缕夕阳
落向楼群和荒野

也有一丝壮观:残阳如血
似乎要凝固于天际
而此刻,我的心
在僵冷的风中
不由得,颤抖了一下

(原载《草原》2020年第6期)

青海 卷

秋天深了,王在写诗

_曹谁

树叶金黄,阳光金黄
黄衣飘飘,纸张泛黄
秋天深了,王在写诗
戴草帽的少年坐在树林中的枯木
他望着遥远的群山
鸟群在领唱
羊群是词语
他提笔写下
当一个男人不能用刀征服世界时就选择笔
神秘的语言在空中传播
大地开始伸展
天空开始升起
黄金的王冠现出
宏伟的石头将他包围
成为一座高大的通天塔
无论如何你都要建成
无论如何你都要建成

少年从草帽下醒来
他告诉人们他看到黄金的通天塔
秋天深了,王在写诗

(原载"当代新诗库"微信公众号 2020 年 4 月 20 日)

展开

_郭建强

在创造,在记忆——
在空无中引入山水、万物、故事,皮肤的锦绣
在空无中,亲吻滴水穿石,转世轮回,饱满晨露
亲吻渗入嘴唇,渗入梦,渗入眼神,使之斑斓
亲吻燃烧黑暗的陨石,迎接旋转的星团
亲吻等待银湖乍开,金橘满枝,笑语无声
亲吻就是持续的凝视和再生,回环往复的黄金之叹
亲吻就是印记,就是生长,就是——
一个人和另一个人脱颖而出,与众不同

亲吻就是创造,就是记忆——
亲吻就是创造记忆,让恒河之沙成为暖色调的钻石
亲吻织就血液的稠纱,汲取泪中之盐
亲吻就是彼此缠绕命运符和护身符
亲吻就是引力:在深寒大海抱紧光和暖
亲吻就是回返,回到源头,回到高处
回到早已展开,正在展开,就要展开的新的卷轴——

塑造你我（一遍遍绽放的肉身），雕刻昼夜（世界细微地诞生）
交融因果（看不见的光明树上，结缀丰腴的果实）

（原载《人民文学》2020年第9期）

龙羊峡

_孔占伟

向来如此，寂静集聚天边的光
水库像远方，是诗
是水面上锃亮的金子

庄稼　牲畜　成片的乔木
把当年的情景再一次倒映在水中央
那荡漾已久的波纹往心底里钻
岸上的人们一茬又一茬
在夕阳里长成了迷人的风景

这开阔的水域
来自上游的湿地、草原和森林
那时隐时现的高山白发苍苍
怎能将眼前和曾经的遥远遗忘
向东向西也向遥远滚滚而去的黄河
两岸峭壁上的岩石　岩羊
坚硬的秉性如矗立的大坝
在水之上

微风之中
傍晚只剩下了宁静
宁静之内
那是静得发疼的黄昏
黄昏之后
那艰难的　幸福的　感恩的
是山外的灯火
无数次陷入鲜嫩的高原

(原载《诗歌月刊》2020年第2期)

小暑之后

_牧白

雷声隐遁在高处
一片一片的光亮
渐渐在晚风中散尽
时间如夜色游船
大地上迁移的角马
河源洄游的裸鲤
风暴已经暂停
世界就在它们的眼中

朝向东方顶礼的驭夫
正捧着千年寒冰做成的王冠

在西部的高地上日夜巡游
此刻,万物已积聚在他的脚下
而朝露鲜美,在一片芳草中
一位年轻的父亲
正焦急地等待着新生儿的
第一声啼哭

(原载《雪莲》2020年第8期)

无从表达

_深雪

海水早已退去多年
残留在体内的潮水仍没能
教我柔软,这些年里
我依旧坚硬
握在掌心的砂砾越来越多
我时常试图摊开
又时常较真紧握
我总热衷于美妙而失真的梦
仿佛那里才有我该过的一番人生
夜晚的星辰我已经看不见了
我自己我也很久找不到了
庸俗化的生活远离着诗歌
我如尘埃我越来越低
属于我的表达

埋葬于无数苦闷之下
每次试图用力发声
却发现不是音量过低
而是我已无从表达

(原载"地平线诗选"微信公众号 2020 年 8 月 15 日)

甘肃卷

一群鸽子

_草人儿

一群鸽子
突然转向的鸽子
倾斜的身体被阳光涂得很亮
像空中一把飞散的金币
让我看不清
阳光背后
究竟有多少幸福

(原载《地平线诗选》2020年第21期)

饮酒

_段若兮

……再喝一杯吧

此刻亭外莲荷软碧,扶风摇曳似有醉态
我们也要醉了

上次还是在这湖亭,有雪,炭火猩红
我们六人饮酒,亢奋而不甘
已经四十年了。如今只剩下你我
阿华远走海外,阿卓七年前重疾不治
另外两人别后再无音讯

再喝一杯吧!随后借着我们仅有的清醒
约定了下次喝酒的时间

(原载《大家》2020年第1期)

柳河

_胡杨

没有河呀
就一排柳树

它们为羊群遮住
正午的阳光

它们在光秃秃的荒野
让人们看见
春天夏天和秋天

让大地顶住一层
薄薄的雪
好让迷路的种子
筑窝

一排柳树
真的像一条河
翻动着绿色的浪花

(原载《天津文学》2020年第5期)

活着，最终要用死亡完成

_ 江一苇

张铁匠死了。他直挺挺躺着
看上去非常安详。仿佛这世上再没有比死亡
更幸福的事了。他不用再跛着一条腿
使尽全力抡起铁锤
也不用再在白天接受几百度的炙烤
晚上忍受寂寞和寒冷的煎熬
甚至，他连一个真正的名字
也不再需要。当人们七嘴八舌地议论
他到底叫什么的时候，牌位上的张铁匠
仿佛在发笑。仿佛在说，他
只是一个铁匠。而你们在乎的姓名身份
和一堆废铁，没什么本质的不同
有多么卑微的身份就有多么干净的灵魂
有多少欲望脚步就会有多沉重
锄头和镰刀最终都会因为锈蚀而懂得放下
而人活着，最终都要用死亡才能完成

(原载《飞天》2020年第8期)

雨中登青龙山

_苏黎

我采着雨点湿滑的脚步
沿石台阶而上
我右手抓住了一根藤条
就是摸到了悬空的一道闪电
左手攀着陡峭的石壁
就是摸到了龙的一根肋骨

一滴雨水落在我的左肩
就是远方的一声思念
一滴雨水落在我的右肩
就是长路上的一句叮嘱
我一肩挑着思念,一肩挑着叮嘱
一步一蹒跚地登上了山顶

站在青龙山顶上,俯瞰
左边是普者黑这个小小的村庄
红砖红瓦的房子坐落于湖光山色里
被青龙山的一条小路脐带一样连着
右边是青丘,它们在水里静默打坐

一声雷鸣
是从亘古的岩石里传来的

天空迸裂,雨越下越大
我从一场斜雨里
窥探到了一口时间的深井——我用树叶上那些干净的露珠
做一串水晶手链

我扯一块清晨的薄雾做嫁衣
摘几枚红松果嵌裙裾
我把泪水盈盈的我
娶进了龙门

(原载《飞天》2020年第7期)

月圆书

_ 朱妍

她抱着怀中的婴儿
来回地走
客厅的长,是半首《小燕子》
宽,约等于一首
《静夜思》

已经
是第三次哭醒了
这刚抵达尘世的客人
对人间
似乎并不太满意

她解开胸衣
喂养它以明月
两轮明月,从盈到亏
从子夜到黎明
被这彻夜不眠的小兽惦记

熟睡的丈夫
越来越
像不共戴天的仇人
楼下
另一个啼哭婴儿的母亲
是此刻
她人间唯一的亲人

(原载《飞天》2019 年第 9 期)

陕西卷

蒙顶山之晨

_冯景亭

云雾加持的
不只是通向空山的小道
还有蒙顶之上
一层一层堆绿叠翠的春潮
露珠婉转，茶垄窈窕
那些破壳而出的叶子
漂浮着大地湿漉漉的心跳

老茶客近了远了
佛音缭绕的山坳里，鹅黄色的居士
安坐于春天的发梢

（原载《星星诗刊》2020年第5期）

好久不见

_李小洛

现在,我已接受一条河
一块石头,一棵树木的
馈赠和邀请
并化身其中的一部分

夏日的山谷就在眼前
没有人能阻止我们向着
自然主义进发
任何桎梏,风暴都不能

一只松鼠
正在横穿马路
遥远的现实主义的草丛
生长在夏至未至
没有合同,真相
前提,履历表
只有花开鸟啼,泉声淙淙

这是一个清凉的夏日的早晨
一切都是陌生的
我们在河流与山川之间
陌生地沉溺与跌倒

这频频的跌宕与疼痛
与日常经验，多么不同

城市的喧嚣越来越远
天色，晨光，越来越近
隐秘的山道
通往密林的深处
一丛陌生的
蔷薇，恣意烂漫
开在随你去往南山的途中

（原载《西安晚报》2020 年 8 月 22 日）

假如我活在唐朝

_麦冬

假如我活在唐朝
靠山筑屋
早起时我便去访韦应物
不讨论物价和楼市
只聊聊木炭的粗细
南山那些烧炭的人

假如我真的活在唐朝
我住在石头垒起来的屋子
四周可以透光透风透花香

幕天席地品秦岭野茶
靠月光读书，读前朝的秘史
找出那些赋诗作画的男女和他们乘过的马车
在另一页纸上画上记号
告诉后人我也曾经来过

假如我在唐朝
一定要邀几位朋友
点几道菜蔬
喝上一通烧酒
可以无休止地讨论天下大事
可以一醉方休
可以让你留宿一晚
直到大梦初醒
还想着与你策马扬鞭

假如我活在唐朝
我也写诗
写生活中的碎事
写慢步行走在某坊某街的你
手持纸扇
面带微笑，在一处花店里
寻菊问梅，找一款铁皮竹子
那个时候
一定有风
那个时候
我们才刚刚认识
那个时候
长安又一次落雨

（原载《声云诗刊》2020年第6期）

当我们退出生活

_三色堇

我们经过这片湿地时,一切都有了另外的意义
那深陷其中的,必是你炽热的炉火
天色未晚
风正用它们的蹄子奔跑
大片的芦苇花已不知去处

当我们退出生活
迎向我的是你鼻尖上冒着热气的汗
你将爱一寸一寸收起来
我迷恋的是你奔赴而来的呼啸
是你邻水而居的红落入眼眶
我给你写过三封信,它们让时光微醺
却不能带来一场花事

你那里的云是否能覆过我的湿地
我知道未来只是悬在半空的雪
是小树抱紧的悬崖
是撒向空中的盐,是尚未绽放的莲
亲爱的
让我们退出生活坐在木漆的旧摇椅里
说着比落日更深的话

(原载《绿风》2020年第3期)

冷暖色

_孙晓杰

我现在的色彩里,已经没有冷色
也不存在中间色
身旁的树与草
它们的绿,是大地送我的春暖
眺望天空和大海
那蓝色光焰,将我熊熊照亮
世界的画笔充满谬误
熟透的紫色葡萄,爬满了沉醉的蜜虫
如果我从此身穿白衣
进入黑夜,或者从此身穿黑衣
进入白昼,它们是分明的,就像
我曾经用红色颜料,在胸口画出
一颗心,用尘土之灰
洗濯潮湿的头发,我不会在意谁说
燕子穿错了衣服。当生命降临
没有一种颜色的目光
是寒冷的。它们注视我
充满爱与怜惜
活着:行走,歇息,有至死相依的人
那必经的拱形窄门
也是用彩虹筑成

(原载《草堂诗刊》2020年第6期)

就让我放松一小会儿吧

_远村

就让我放松一小会儿吧，让我弃城而去。就让我把余生放在偏远的高地上。
就让我启开所有的窗子吧，让那些雨水和花香吹进来。
让我痛快地接受它们的抚摸吧。
就让我活出一个富饶的秋天吧，就让我看上去还不算太老。
就让我，还能说出内心对神的赞美。

就让我放松一会儿吧，让我抖一抖身上的尘埃，坐下来。
就让我把自由放在无边的苦海上。
就让我把自己的肉身忘记一小会儿吧，让那些失聪的沙弥和哑唱都离开。
就让我跟这个世界不再起一丁点争执，就让我独自享用一个人的幸福。

就让我暂时离开一小会儿吧，让我离开庞大的人群。
就让我把豪情放在辽阔的草原上。
就让我把自己的姓氏忘记一小会儿，让那些马粪和长调抱紧我。
就让我回到先人的毡房，让我一个人头枕着大漠小憩一会儿吧。
就让我在一只鹰的世界里，看见自己，比一阵风还要畅快。

（原载《诗潮》2020年第9期）

冬至

_长安瘦马

我一直固执地认为
没有雪就不算冬天
尽管棉衣把我包裹得很厚
可里面是空的
冬至到了年关也近了
我总是在这个时候最想念家乡
一个没有了父亲母亲的家乡
简直对我太残忍了
来一场雪吧
我一直在寻求救赎
我有意无意的恶
在人间显得微不足道
可是对我很重要
我急需一场雪来掩盖
我的父亲母亲不在了
我才知道
我是那么地让他们操心
可一切都晚了
一碗热气腾腾的饺子
再也没有了妈妈的味道

(原载《海燕》2020年第7期)

西藏 卷

星火与时间

_白玛央金

难以形容的,饱满的,轻快的
介于有形与无形之间的
时间啊,从不扭曲变形的甬道
一片叶足以证明你
缺乏谎言的力量

他的生命止于鼻息
止于至善的火焰
和唇齿流香的草原

他像优容的牧羊人
在广袤的大地上竖起脆弱的旗杆
行走,塑造,发现,埋葬
不具备犯上作乱的能力
勇往,遇见无数勇往的人

淡然,是活着的嫩绿

让苦中有了一丝甜蜜的星火
帆风中经久不衰的河流
许是一条,一片,一汪流徙的阳光

(原载"民族作家坊"微信公众号 2020 年 3 月 23 日)

冻红的石头

_ 陈人杰

高原并不寂寞
世界上,不存在真正荒凉的地方
孤独,只是人感到了孤独
有一天夜里,我看到星星闪烁的高处
雪峰在聚会
又有一次,我从那曲回来
看见旷野里的石头冻得通红
像孩童的脸。而另一些石头黑得像铁
像老去的父亲
它们散落在高原上,散落在
地老天荒的沉默中
从不需要人类那样的语言

(原载《诗刊》2020 年第 1 期上半月刊)

写在 2020 惊蛰日

_ 木朵朵

塞北的春天盛产风
习以为常的人也不免惊讶
这么大的动静,你就听吧

树木是第一批听风者
偷偷伸展几次腰身,就暗含新绿
河水潮湿了眼眶,波澜着
溢上岸边,原野不再咬紧牙关
一片片,意欲破土而出

喜鹊是报喜鸟,把这些好消息
传递给每个居家禁足的人

这圆润生动的大嗓门
像极了这片土地的父老乡亲
有什么从不藏着掖着
对你好也是这样

(原载《诗潮》2020 年第 6 期)

石头记

_纳穆卓玛

怒江不怒
它劈开两岸的陡峭和深渊
放下对峙
在河流上诵经打坐

多拉神山上的
石头也是
像是刚刚脱胎换骨样子
在阳光下出神
风尘未卸的人
一眼陷入石头上天然落下的咒语
仿佛从那里
随时会走出普度众生的神

其实,石头有象在无形中
那些没有雕刻的部分
在荒野上活得更神奇
只怕遇上半信半疑的人

(原载"雪域萱歌"微信公众号 2020 年 7 月 4 日)

思念

_其米卓嘎

我愿用香炉的诱惑
囚禁你的灵魂
让清雅的香粉弥散
我混浊许久的皮肉
还脑颅一个不悲伤的
境地

幽兰的桑烟是佛的气息
我却误认成是你的脚步
静心聆听的失望
迷惑了春季的萌芽
留下驱不散的雪花

香炉在桑烟中隐退
牺牲的本性遵循信仰的
戒律
在一裂一痕的执着中
嗤笑我的执念
掩盖你的背影

(原载"格桑花开"微信公众号2020年3月24日)

冬影白

_沙冒智化

我在雪中没有变成雪
吹着口哨的风,成了一场雪

我生一把火,吼一声
火像极了她
如同火山底下的一块冰
放出寒热的声音

一壶装满雪的冬天
蒸汽胜过火的温度
我把自己装在沙冒村的烟囱里
送给堆满夜空的光芒
这算是一次回乡
全村人看到我

太阳的火
从夜的灰尘里露出手脚
剥一层光的雪
顺着光而跑
留在雪中的一匹马
在太阳下变得很美
抓着缰绳的人

在雪中冷得很深

我身上的雪
下在里面
太阳回窝时
我在外面

（原载《人民文学》2020年第5期）

夏

_ 索朗旺久

没有约定，也没有等待
只有，不断地在风雨中洗礼
不断地向着远方的风景奔去
在最后的炊烟中等待你的微笑

经历了，就不谈艳红的躯壳
也不谈，青春、苍老
时间也会在时间中流逝
生命也会在雷鸣中诞生、消失

风雨伴着轰隆隆的雷鸣
不断地变幻着大地的模样
花儿的绽放，在彷徨中挣扎

百媚千娇,莞尔一笑
一刹那的回眸
芳华已失年轮已成孤舟

(原载《西藏日报》2020 年 4 月 14 日)

四川 卷

一滴雨

_干海兵

南极冰盖相互撞击出的
一滴水，行走了一万公里
到达了我家的檐口，它的草绿色的
小布鞋、眼眶中的一小朵
杏花，抖一抖就是完美的夜晚

来自故乡的小雨滴
谁又会问起它荒原上一长串狐疑的
脚印，出自我们茹毛饮血的父母、
兄弟或披着兽皮的童年
北斗星那么恍惚，天宇笼罩
永远在归家路上的独行人

南极巨大冰盖一万年只孕育
一滴并不冷酷的雨水，它摇摇晃晃
挂在檐口，托起无边无际的黑夜
为什么我叹口气它也会发出

风铃的声响,为什么它落到众人的头顶
却有百口莫辩的回音

(原载《诗刊》2020年第8期上半月刊)

北极熊

_龚学敏

谎言的冰一块块死去,水成为遗体
人世间残喘的一朵白花
把自己佩戴在众多的话语,风凉的极地。

风拖拉机的履带碾压用草说话的大地
并且,掌握话语权
掌握所有谎言的真相
温暖的新闻在空气中
成为胶囊状的阴谋。

饥饿的公熊用人类写薄的纸
记载本能
记载一块残冰一样活动的幼熊,如何
消殒成进食季的开篇
公熊唯有食下这块性别相同的幼冰
才能让自己这块冰不化。

成为冰的幼熊,把纯白还给公熊

风是同案犯
制造风的城镇,不停地繁衍自己。

熊用雪花残喘的最后,把自己手绘成冰
成水
成悼词中一群掩藏墨迹杀气的
围攻上来的城镇。

用北极命名的时间
任何一步都在朝着遗体的方向吞噬冰。

封存在书籍中的冰冻
是北极熊身上的白色
人类边雕刻汉白玉
边一砣一砣地,哀悼自己。

围捕冰雪的风,下手越来越重
将地球的脸庞击打浮肿。熊的落叶
像是被火烧过。

(原载《十月》2020年第2期)

为你独白

_海莉

她拥有诗人们的一切情怀

她期许踏雪而来的你
一起烹茶煮墨
想象在暗香里吟诵一切美好的事物
比如,开在生命两旁的花

只是被丢下的几朵雪片牵绊
一双瘦小的手穿过生命的寒冬
轻抚黑夜疼痛的身体
她总是默默的,承受着雪吻

当纯洁的月光落在身上
她从夜色里站起来
将自己最美的羽翼
化作朝霞,像圣雪一样明亮

(原载"未见文艺"微信公众号 2020 年 1 月 7 日)

出师表

彭志强

信念撑满了墙壁上的字。
故事里的人和武器一样,依旧凶险。

龙飞蛇舞的线条深处,处处是沟壑
如同阅尽世事的老脸,皱眉便纵横。

我用轰轰烈烈的蝉鸣形容岳飞的书法，
诸葛亮的文章，以及宣纸信赖的人生。

是因我学过这样的汉隶，与南宋书风
且在纸上疾走过多年，还是模仿不像

他们滚烫的热泪，
在秋叶落尽之后仍然无处可落的凄切。

即使骤雨初歇，天空和内心皆已发蓝
雨的回声，还是寒蝉。

像报纸上出征的铅字，早上是夏天
刚刚接近黄昏，回家就是大雪纷飞。

雾气太大，诗歌如何出征？
梅花的性子急，就要撑破骨朵……

哪有那么多明月可以急用？
干完半斤白酒再说，向东或者向西。

(原载《星星》诗刊2020年第5期)

轨迹

_ 熊焱

我的母亲怀着我的时候,差点去了医院引产
我幸运地来到人间,就像一滴水珠汇入大河
从此跟随浪花奔腾。整个少年时期
我历经病痛的折磨,多次命悬一线
当我反复丈量生死的界限,我确信人世的远方
不是死亡,而是肉体到灵魂的距离

十八岁时我开始写诗,仅仅是灵光乍现的偶然
后来却成为我永恒的命运。我将为此耗尽一生
我确信诗人的声名不是来自认同与赞美
而是从这世界获得的孤独,比岁月还深

自我离乡后,夜空中的明月总让我想起父母
我确信这不是乡愁,而是血液在奔向它的源头

在我而立之年,白发探出双鬓
人生的积雪正在慢慢加深,直到高过头顶
这让我有着心慌意乱的羞愧
我上有年过古稀的高堂,下有嗷嗷待哺的幼儿
我在中间穿行,却是一手霜迹,一手灰烬
我确信我对凡尘的热爱,不是我的牵挂太深
而是这人世是一个巨大的长梦,我还未从中苏醒

如今我四十岁了,每天都在照镜子
我确信照见的不是我的脸,而是流逝的时间

而日落之后,长夜终将来临
这之前,我还要穿过贝壳孕育珍珠的苦心
穿过青草蓬勃的大地,到处都是生生不息的人民
我将听见一群孩童清亮的歌声,唱出满天星辰
我确信沉默的泥土在最终安放我的疲倦
不是生命走远,而是我出生时就在母亲的臂弯
最后辗转了一生,又回到母亲的怀里

(原载《钟山》2020年第4期)

微笑

_喻言

站在大街上
我对所有行人
露出微笑
有人目不斜视
擦肩而过
有人表情狐疑
欲言又止
有人面带嘲讽
嘀咕一声:傻逼

有人目露凶光
仿佛生死大仇
要把我脸上的笑容
逼回我的头颅
只有一个孩子回应我
一个更加灿烂的笑容
像一朵鲜花绽放在暗淡的黄昏中
如此地纯净
我幽暗的内心陡然一亮
然后陷入深深的惭愧

(原载《上海文学》2020 年第 10 期)

书架

_ 张新泉

必须仰起头
才能看到顶层那些书
硬壳　精装　厚
他们永远保持着
让人敬畏的高度
天气好的时候
我会打开玻璃门
恭请他们晒太阳
但决不轻易碰触
老人有老人的忌讳

这点我清楚

书架齐胸的地方
是一群年轻的册子
物质时代的喘息
原色灵魂的裸舞……
在这个最佳位置上
伸手就能摸到
几条锋利的题词
几张逆光的脸
一些破成时尚的牛仔裤……

有时在书房里
我也想想自己的书
如今栖身何处
在书架上当然不错
但最好不要放得太高
最好能碰响主人的微笑：
张新泉这家伙
居然还没老！

(原载《诗刊》2020 年第 5 期)

我看见红旗飘扬在长征路上

_ 赵振元

我看见红旗飘扬在长征路上
过雪山,走草地,吃野菜,啃树皮
前有大炮轰鸣,后有无情追敌

我看见红旗飘扬在长征路上
班长拉上我的手,说走下去就是胜利
连长对我说,你的十八岁的年纪,怎么能轻易
埋入这泥泞的草地!

虽然,沼泽已经吞没了我许许多多的战友
仿佛,四面八方都是绝境
但我知道,我的脚印,一步步,都刻印在
人民渴盼的眼神里

就是这样,一双走不烂的草鞋,克服了
人类几乎不能克服的一切困难
走出了人类军事史上的伟大奇迹
那一刻,全世界都在说着同一个难以置信的数字:
二万五千里!

是的,我看见红旗飘扬在长征路上
那是我举过的红旗,也是你正在高举的旗帜

是的,你的生产线上,有军号,有冲锋
我的会议室里,有雪山,有草地

那么,就让我们重申一遍:今天,长征
还,在,继,续!
重申一遍:我们与伟大祖国同行的脚步
永,不,停,息!

(原载"诗日历"微信公众号2020年10月4日第2086期)

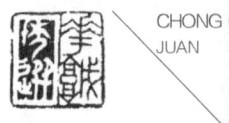

重庆 卷

带翅的蚂蚁

— 崔荣德

渺小　谦卑
欲望在心底
埋藏

田边地角
随便一块土壤
就能把家安放

带翅的蚂蚁
隐匿丛莽
哪天张开翅膀
也能飞翔

（原载《国际诗歌翻译》季刊 2020 年第 2 期）

双龙湖之夜

_ 胡中华

湖水慢慢变暗
而我，不能将你明亮地遗忘
这群山里
应该安排两张紧邻的床
白蝴蝶伏在红芍药的唇上，蓝衬衣
盖住乌黑的光
一种值得回忆的痴迷与宁静
是我用诗歌还你的春分
虽然，现在夜已深
但忧伤犹浅
啊！双龙湖失眠了
既有狂澜翻腾又有微波荡漾

（原载《华西都市报》2020年6月20日）

好吧,我们聊聊蝴蝶

_李元胜

蝴蝶是唯美的,比其他所有事物更唯美
还是抽象的,它拥有的肉身
似乎不属于这个世界
爱蝴蝶的人,其实只爱挂满露珠的蝴蝶
翩跹于花朵间的蝴蝶
由此确认,自己也是唯美的
这双重的误会是多么深啊
吸食甲虫尸体、肮脏泥土的蝴蝶
难道不是蝴蝶
在污浊里发现的真理
难道低于花蕊中披露的真理
在黑暗里坚持着的美
难道逊于光芒中闪耀着的美
难道真有毫无价值的生活
难道没有广袤星空
隐藏于我们不堪的日常
我爱蝴蝶,它们看不见
鲜花与污泥之间的鸿沟
而人们却被一分为二
终生不相往来

(原载"为你读诗"微信公众号 2020 年 7 月 3 日)

喀拉峻的夜晚

_ 冉冉

顺着风的方向
一直走　就会走到天上去
没有比星子更大的花朵了
它们清澈地摇曳
与我　与无量的我相互倒映

空中草原
一个在天上　一个在喀拉峻
紫色马　紫色骑手从冰山走来
我为迟到的看见而啜泣——
为重新看见她　为刚刚看见自己
一次短暂的盛开　懵懂的圆满
要历经多少迷途才能显现

我是习惯歌唱的　在无人之地
歌声没有翅膀　只有停顿
当我跨过一个又一个的险境
在花蕊中下马
别笑我耳垂似雪　面若子夜

（原载《川报观察》2020 年 8 月 6 日）

情人，或者陌生人

_席芷

想穿一件米白的风衣
穿过人群
到另一片人群去
到落日里金色的街道去
人群欢腾，风是透明
我希望我和我的影子
有金属质感的孤独
我希望有一位故人朝我走过来
他长着情人般的黑眼睛
他预言我将会吻上他
并且成为他的一生

（原载《两江文苑》2020年总第247期）

等待

_杨骏

我总是以一树花的姿势
在门前的芳草地
站成等待

等待日出,我成为清晨
腰身如柳姿伸展
眼里窗户大开,鸟鸣一声
我的回响
细细地悠扬,轻似流水

等待荷莲初绽
像我为他准备的笑靥
蜻蜓飞来
于鬓边,悄然一吻
心,微颤

等待河岸水草丰茂
我睫毛低垂,为他浣衣
心事在春水里荡漾,河堤柳岸
绿藤像思念长长蔓延
爱情瓜熟蒂落

等待日落时
他骑着一匹小种马归来
我能从蹄音中
嗅吸到
永不凋败的花香

等待啊等待
等待是我的一树花开，我在等待中
相信了自己

（原载《重庆晚报》2020年6月30日）

贵州 卷

土司的酒殇

_杜春翔

杨柳树下,离天朝最近的路上
云触摸着柔软的腰肢
麦穗的形象饱满
在山脉相叠之处重合
我选择的高粱生长在云端之上
有隐秘的来源与归宿的暗语
重阳之日,我赤裸着身体
无隐私无妒忌无虚伪无邪恶无贪恋
祭坛之下,旌旗摇曳
我高昂头颅仰望遥远的星辰
举杯祭祀神一样的娘亲

在云雾缭绕之处
我的女人皆从丛林而来
手持杜鹃花
她们编织的花环只送给有情有义的人
我像鹰一样对酒当歌横跨苍穹

当鼓点响起时
漫山的刀戈,海龙囤倾毁在即
我目送兄弟,目送病残的人
目送妇孺,目送爱人
我在山巅看到一条遥远的河
看见火红的太阳
我高举酒樽,敬那些不屈的英魂
他们死亡的路径与生存的路径相同
只有活着的路径在庙堂的正面
苦难中的乡亲
去你们该去的地方,不要回头

(原载《贵州诗歌》2020 年 9 月创刊号)

晚景

_李寂荡

去雨花台,参观完烈士纪念馆
同行的南京友人说要带我们去看一座墓
——金陵,的确有不少著名的陵墓
他带我们去找的是方孝孺墓
那宁诛十族也不愿为帝王写诏的方孝孺
陵墓用青石围砌,犹如铮铮铁骨
返回途中,在梅岗北麓,不经意间
我们看见了路旁的太监义会碑
此碑避过战乱和"文革"的破坏,以及多次文物清查

完好而沉默地伫立在树丛中四百年
——一个宦官丧葬互助团体的见证

那些石碑上的名字，他们曾是帝国各州府英俊的少年
他们或许权倾一时
至少，曾离权势最近
可在晚年，衣锦却不能还乡
不能进宗祠，不能埋在祖坟地
他们从被阉割那一刻起，注定永远是异乡人
他们或许曾跋扈一时，颐指气使，抑或卑躬勤勉，却终归
晚景凄凉
长年皮笑肉不笑的脸上那阴鸷的目光
终将如风烛黯然，并慢慢熄灭
只能靠同伴将残缺了一生的身躯埋葬
——入土为安，其余皆是虚妄

就在这天下午，我们恰好来到西善桥的齐修社区参观
这个社区是个典范，在这里
老有所养，老有所依，终有所葬
很多老人正在大厅里分别围桌打扑克
有老人转脸看向我们，目光淡然
有一刹那，我觉得喜欢打牌的母亲就在他们中间
很少见到这么多老人聚集
就像无数的"老"字书写在一张页面
无数冬天的山峰聚集在一块平原

在他们中间，我自然找寻不到我的母亲
但隐约看见了我未来的身影

(原载《诗歌月刊》2020年第4期)

每一颗雨点都是逃逸的音符

_蓦景

那湖水,都以相同的涟漪
迎接我。湖心的大树停满苍鹭
就像秋天那般,悬着果实
群鸟接踵而至,躁动了整个清晨
在这热烈的夏季,鸟和鱼
描绘的都是自己

空气在湿热中渐渐厚重
谁在黄昏的边沿,想起那只落单的鹭
鸟群交谈得那么热烈,以至
孤寂如此地不合时宜。此刻
我不敢走得太近

或许,这落满花香的雨季
每一颗雨点,都是逃逸的音符
那些鸟和鱼都飘浮于空灵
它们把季节敲开,用沉默
说出了全部

(原载《诗选刊》2020 年第 10 期)

被淹死的鱼

_欧阳炽玉

你的伞是夜空的颜色
只是没有星辰的点缀,伞骨坚直挺拔
伞面却曲线柔媚,雨抚摸着
那光滑的肌肤,聚集在边缘
然后落到泥泞里

泥泞和看不见的沼泽
在地的尽头与天连接。不想做鱼的鱼
从沼泽跳跃到泥泞。鱼有两面
一面枕着假的沼泽,一面被雨水
敲打鳞片。偶尔在鳃里游玩的雨滴
空气稀薄。干死的鱼坚称
自己被雨溺亡

你看见,在污浊的土地里
有什么闪亮的东西,那是被雨洗净的鳞片
一具阴天里却绚烂的尸体
蹲下,用你的伞为它遮挡阵雨
你小心地捧起
那柔软的鱼腹

想要切开,吃掉绽放的脏器

可是你忍住了食欲，小心翼翼
将它放回沼泽里
惊起小小涟漪，然后被深埋
你在岸边微笑
向它挥手道别

（原载"诗日历"微信公众号 2020 年 10 月 7 日第 2089 期）

时间速写

_三泉

我刚写下"时间"，时间就被我用掉。
我只好以出生，代替时间的开始，
以死亡代替它的终结。
我用掉自己，所以我证明，
我是时间的边缘，
我永远差一点，写出它。
"万物皆为时间的刻度，
我必将成为那过时之人"
这让我想起秋天，果实被时间分割，
我只能描写它的坠落，忧伤也一笔带过。

（原载《诗歌周刊》2020 年 9 月 5 日第 422 期）

一顿想象的早餐

_赵俊涛

在白水里　放进
小米　大米　薏仁米　红豆米
花生米以及切碎的蔬菜　然后
看　它们在火焰和时间的框架里
在沸腾的水中　如何
沉浮　翻滚　绽放　交融

不再像以前那样想象
这些粮食是怎样发芽生长开花结果
不再像以前那样虚构
这些微小生命的前世今生爱恨情仇
此刻　我只想在这个凌晨
等待　一锅稀粥的灿烂
匹配大雨携带着冰雹敲碎的夜色

（原载《贵州诗歌》2020年9月创刊号）

一把竖琴横在夜空

_子佩

安静的夜空
突然流出前世的泪珠
叫不停的悲,牵引着
雷声与闪电

谁躲在这夜幕后细听
谁伤了你,是太阳,还是星星
泪水溅落大地,谁的悲伤
总是逆流成河

闪电撕开谁的伤口
仿佛一把竖琴,横在夜空
所有的泪珠都是琴弦
夜空迷蒙,那前世的泪水
能否洗净今生的痛

泪乍停,片刻的宁静
片刻的柔和,集结了悲咒的幽灵
我知道,谁吞噬夜空

(原载《贵州诗歌》2020年9月创刊号)

云南 卷

暂寄

_耿占春

总是一再想起,老火车站旁边
旅行者中转时的行李寄存处
幽暗狭窄像一个暗喻。贴上标签
包或箱,随身携带私人生活

几十年来,我也不停地托运
自己,用长途班车,绿皮火车
飞机或高铁。旅途中曾写下
我随身只携带着语言和死亡

现在我没那么骄傲,每次航班
着陆,都像获得了一次小小的
赦免或祝福。从不曾想它自身
也被误判为某种易燃易爆品

或许机器探测到了我心里装着
一些敏感词。可我也装满了

对生活的感激之情,渴望赞美
那些以短暂一生为我们赎罪的人

没有人是不朽之躯。有多少脸
多少词已被用旧。暂寄人世
等待不知其处的中转,直到被
一只无形的手,毫无出错地取走

(原载《暂寄:四人诗选》长江文艺出版社 2020 年版)

鲜花寺(节选)

_ 雷平阳

一

人们谈论着辽阔的天空往事。诸多敌对的
思想,都急于证明:开挖银河的劳工
和开挖京杭大运河的劳工
不是两拨人马,他们是同一批劳工

二

往大海里投放安眠药,在实验室培育
神话中燃烧的海水。从静止的桥墩

找出运动的荒诞哲学,又于开颅手术时
用黑铁偷换病人的蝶骨
他们:拆除了飞机上拥挤的座椅
迎宾的酒宴设在万米高空
他们:将一只凤凰标本悬挂于博物馆的地下大厅
命令人们忘我地赞美,但杜绝自由的模仿

五

一个观点,正向着未来渗透:月亮里
遍布着密密麻麻的墓碑
开挖银河的劳工全部死在了天上,京杭大运河
不是他们的杰作。观点的主宰者
理由充足:"一拨自我封神的人马
在人世上复活并继续充当劳工,这只会
提供如下信息:创世史诗成形之前
遭到了另一批劳工无畏的篡改!"
嫦娥奔月,青蛙王子,已经沦变成了
自我封神者行乞于众神与众生的实证

十五

渡劫修习的人为鲜花寺发明了一种
示外的法门:盲人安坐深渊
有三只以上眼睛的人可以多领取油膏,在光里点灯
他们还把江水的一段改建成放生池
于险滩的底部放置一间牢不可破的玻璃小屋
取名为"灭顶斋"。寺门重开之后,他们的机心
十分现实:给深陷劫波的人一个机会
可众多的法门均是对空苦浮世的误判,仅仅适用于天使
和空深的空门之内。没人来玻璃小屋研究滚石与暗流
巨浪在头顶飞过,无处可逃,绝处逢生

暴乱中安坐，类似的体验人们无时不在经手
"灭顶斋"让灭顶多出了一倍。所以玻璃小屋
一直空着——直到昨天黄昏，它才
第一次投入使用：他们在里面供奉了一尊
石菩萨。石菩萨严重风化，人类特征所剩无几
看上去更像一根寺宇废墟上拆移过来的石柱

二十三

慌乱的脚步声、呼吸、心跳
与拂晓的寂静格格不入。敲打晨钟的少年和尚
昨天并没有在日落之前赶回寺院，一场暴雨为他
提供了犯禁的理由。袈裟还在滴水，手上握着两朵
不知要献给谁最终又没能献出的木雕鸡蛋花
他闪身至鲜花寺虚掩的旁门，硬着颈项的脑袋
已经伸进了院内，又退回，吃惊地打量着
担架上的守墓人，我们。"傣药断货已久
履新的泰国大佛爷还没到，还在清迈……"
——我们鱼贯而入，无主与无序正好可以在菩萨的
注视下，安顿一个惨遭天意磨难的走投无路之人
守墓人心有不甘，从贴身的衣袋里找出一张
发黄的照片：上面的"他"，年纪不到二十，高扬着双拳
在欢迎入城大军的戏台上引吭高歌……
"他是我吗？是吗？"是的，"他"就是束手无策的他
他也是我，我们。当我们从寺院里走出来时
晨钟懒洋洋地敲响了，用孟高棉语题写的鲜花寺巨匾
有雨后的一束阳光照耀着，像一面新生的绝壁
语言带来的圣殿或深渊，不允许眼睛去洞见

(原载《花城》2020年第2期)

彩云路

_唐果

彩云路
提一把红色梯子的女人
很沮丧

有人告诉她
在彩云路搭一把梯子
就能登天

可是她没有成功
沮丧的女人
扛着一把红色的梯子

走街串巷
她打算再去青云街
试试

(原载《特区文学》2020 年第 1 期)

花鹿坪一夜

_王单单

那么晚了,大风翻过山梁
她要去哪里?她边跑边喊
"呜呜、呜呜、呜呜……"
这声音太像人的了
以至于我再三起身,想确认
可透过窗口看去,秋后的原野
除了满地白晃晃的月光
寂静中,一无所有。整夜
我无法入眠,总觉着有个母亲
不知藏身何处,仍然在喊
"呜呜、呜呜、呜呜……"
——呜呜,像一个女孩的名字
因此我又想起刘翠莲,未满18岁就外出打工
离开那晚,她的母亲
独自躲在松林里哭——
呜呜,呜呜……伴着周围
无边落木

(原载"诗选刊"微信公众号 2020 年 5 月 7 日)

我们的肺

_尹马

从一声干瘪的咳嗽里
看见一个人慌慌张张的肺
从大面积醒着的体温计、护士帽、病历本
奔跑的昼夜里,看见一只只羞于
从人群中相认的肺

矜持地躲在口罩里的肺
春运的火车站,比回乡的路途
更不具体的肺,从发热门诊里
送到隔离区的肺,像一块块被烧糊的
电影胶片的肺

在贪食者味蕾里沦丧的肺
和被一座城市紧紧圈住的肺
是同一只肺;由一串数据托着
飞速上升的肺,是姓张的肺,姓李的肺
是十四亿人的肺

这么多肺顶着万顷仓皇,呼不出阳光
交换不出风雨。这么多肺举着爱
须要被及时认领,须要赶紧回到
一具安装了天空和大地的

洁净之躯

(原载《诗潮》2020 年第 4 期)

孔子

_ 于坚

赤足　贫且贱　野合者所生
高大的男子　亚麻布长衫布满深灰
背着包袱　里面裹着竹简和干粮
深邃的读者　命名　沉思天的意蕴
"语汝耳之所未闻"　漫游　涉水
翻越暮春山峰　踟蹰于大地
带着学生在溪流上沐浴　逝者如斯
谆谆告诫晚辈　温故知新　后退者不耻
下问　光明健壮的肉身之神　风乎舞雩
咏而归　有时候上了大道　有时沿着小径
迷路　向种地者问津　在陈国差点饿死
从者皆病　"愈慷慨讲诵　弦歌不衰"
说出善的知识　长于步行　也会骑马
射箭　陬邑的大力士　"举国门之关
而不肯以力闻"　野蛮时代的文雅大师
为荒原指出方向　世界剑拔弩张　弱肉强食
主张"不学诗　无以言"　依于仁　文质
彬彬　令暴力自惭形秽　苛政猛于虎　那边
有一个乱世　他裂帛前往　讷于言的苏格拉底

君主降辇前来问政　博爱　德行　子曰　要有
礼　就有了礼　他从未提到光　一代代黑铁
武士　纷纷投诚　国家在惭愧中放下剑　洗耳
恭听　臣臣　向往着文王　伟大的编辑
于明月之夜审定诗篇　击磬　论语　目光穿越
苍茫　斐然成章　绝笔于获麟　黄金时代的
衡器　圭臬　安在餐桌上的指南针　食不
厌精　总是把肉切得方方正正　挺身而出
学习　赞美　歌颂　批判　沟通　肯定
转动时间之轮　天不生仲尼　万古长如夜
滔滔天下视他为另类　趋之在前　忽焉在后
每一时刻都在敌视他　误解他　诋毁他
放逐他　追随他　皈依他　有时他想逃跑
乘桴去海　九死一生　从未离弃终古之所居
再次适卫　维天之命　於穆不已　头顶的山丘
环绕着一圈异见者的光环　诲人不倦　三千年
哲人不萎　择邻而居　家族世居曲阜　他从未
去过伯利恒　父亲的灵柩是一块无名岩石
挨着泰山　辞达而已矣

（原载《十月》2020 年第 1 期）

山西卷

山居随想

_雷霆

我来过,携带的是尘埃,不是闪电
心灵深处一遍遍漫过的不是忧伤
是我们常常说起的变幻的风和云

城砖一层比一层高,支撑着边关的辉煌
晚霞覆盖的骨骼,有大风稀释的恩怨
野花不大。我是叫不出她们名字的人

已是五月了,山涧的冰凌还不见消融
面对微小的事物,比如低于露水的花萼
我也匆匆深陷其中的高洁。有时候

贴心的苍茫是那份薄暮时分的无言
瞧瞧我吧,细数山坡上不多的山榆树
在石头的夹缝里遇见光芒和青草

我知道的,此生还没有把赞美的力气用光

为了拓展更大的寂寞,在岁月的风口
风暴藏于心尖,谁点燃的闪电清晰可见?

(原载《官道梁》2020 年 6 月)

南瓜灯

_落葵

比起南瓜灯,我们更加熟悉黑夜
孩子们提着南瓜灯,一张张稚嫩的脸
打翻我内心积攒的
难以言说的情绪

小孩是天然的无神论者,糖果是
唯一的弥撒

夜间的潮湿润濡着灯盏,出租车
缓慢停下,又出发,驶向
时间的另一个节点

孩子为塑料南瓜灯的破损而哭着
她并不须要安慰,很久了,我已学不会
为了简单的事情而哭泣

(原载"诗麦芒"微信公众号 2020 年 6 期)

我从小就见惯了死亡

_牛梦牛

我从小就见惯了死亡
家住土地庙旁,村庄太小
我总是先于土地公公
接到死亡的消息。每次出殡前
孝子们跪在庙前
白花花一片,仿佛三月杏花开放
我知道,这小小的土地庙
只允许灵魂进入的土地庙,是那些逝者
辗转另一个世界的通道
人鬼殊途,他们似河流潜入地下
但未必就消失了。在一片
似悲似喜的哭声中
我坐在门前,想象着另一个世界
想象着另一个世界的生活
眼前浮现的,却尽是那些人间的面容

(原载《昌平文艺》2020 年第 3 期)

南山

_唐依

酒店一直向下就是海了
鲛人端坐望向北边
那里有位我常常惦念的先生
在这里
白色的花恣意了些
海水每时每刻都在节节败退

(原载《青年作家》2020 年第 2 期)

担心

_张常美

天空中又少了一些亮闪闪的硬币
我想已经有人捷足先登了

森林里又少了几棵大树
肯定还有人在暗处偷偷建造梯子

(原载"无限事"微信公众号 2020 年 7 月)

这首诗,给自己

_张二棍

我们哭过,在密室里。像一只
蜗牛,埋在苍白的骨殖里
用一具软弱的肉身,哭出的液体
几乎就要淹没了自己

我们哭过,在冬日熙攘的街头
仿佛一根墙根的干草,笔直
又枯黄。没有泪水,全身抖动
哭声呜呜的,几乎就要折断了自己

我们哭过理想,哭过现实,哭过
夹缝里,那个不由自主的自己
哭着哭着,突然会忘了哭的缘由。就像
另一个人,借用了我们的身体,哭谁

有一次,我们抱着哭。另一次
我们背对背,在哭。更多的时候

哭，仿佛是一件连累别人的事。你看
那个劝你哭出来的人，也忍不住，哭了

(原载《草堂》2020年第8卷)

河北
卷

抱走西藏一块石头

_大解

在西藏拉萨夺底沟,我捡到一块石头。
山石,黄色,42公斤,空运至石家庄。
我走后,地上留下一个坑。
我走后,西藏变轻了。
有迹象表明,高地在抬升。我若是
抵押一部巨著而不是抱着石头在天上盘旋,
会是什么结果。我究竟是什么人?

(原载"大解的自留地"微信公众号2020年5月13日)

独木桥

_康书乐

要搭,我直接搭进对方的骨头
这是领略另一个界面的第三种方式
深渊再深,也有尺度
把我架好,就可以任脚步往返
就可以像刨子
在一根独木上刨出语言与惊诧

过去已过,许多刨花或琐碎
早被大风掠走
只剩下一段影子
还搭在眼睛与眼睛之间
让走过去的人叫我桥
走不过去的人叫我木头

(原载《诗选刊》2020 年第 1 期)

青蒿

_刘向东

高于先人的是坟头
而扎根于坟头的是一束青蒿

比青蒿还高的是支撑天空的
南北双松,天快要塌的时候
青蒿也会奋力
杂乱无章的柴草则舍身追随

其实还有连绵不绝的群山
与群星恒久的对话
那些高高在上的主宰者呀
此刻正折服于一束青蒿

它柔韧,卑小,青涩而无畏
像一句遗言,和亡灵一起沉默

(原载"中国诗人"微信公众号 2020 年 8 月 27 日)

石雕与泥塑

_牟文峰

石头很硬,没有温度
在刻刀下变软,也变暖
受尽千锤万凿的苦
生出骨骼和肌肉
长出爱恨和喜忧

凝固的真与假
变幻的美或丑
有些被忘却
有些被粉碎
有些被铭记

泥土属于大地
是老百姓的颜色
摔打,揉捏,火的炙烤
一块块泥土站起来
向着天空呐喊

(原载《诗选刊》2020 年第 8 期)

羊吃着草,木棉纺织着彼此的姓氏

_ 谢虹

我们可以把头枕在山坡上
羊吃着草,木棉纺织着彼此的姓氏
天空驱赶着落叶
流水重复着美好的谎言

如果你来
那些遥远的草甸子就是闪闪发光的居所
空旷的大地上,我们贪婪地吸纳着彼此
并将拥有彼此的体温和子嗣
我不知道人生是多么长的瞬间
山脉不停地生长着
而我们终将远离,融于万物

(原载《北京诗刊》2020 年第 2 期)

语言什么都不能表达

_ 幽燕

它有草的形状，一无筋骨的制约
风来顺风行走
雨来，自会乱弹琵琶

它有狡黠的狐狸面孔
有润滑剂和包装纸。
它设下陷阱，指向标的方向
风会把你引向歧途

世界有蜂巢那么多的心思
有阴晴不定的心情
浅薄的语言怎么可以胜任？
就像我对你说过的那些话
有些忘了，有些是假的
有些压根就没有说出口。
有时候我真想做一个语言的哑巴
像世上一切植物动物
与自然和同类保持着高度的默契
什么都不说，什么都不用说

（原载《诗选刊》2020 年第 4 期）

几支蜡笔画成的春天

_ 张恩浩

黎明来临
我收复了梦中的失地
马放南山

一只被掏空水滴的杯子
装满阳光的味道

此刻,多么美好
纤细的风临摹着草原的寂寥
这样,我会放弃警觉
依次打开身体的秘密
然后,找回真实的自己
找回古道,和
熟悉的歌谣

当然,我也会在清澈的旋律中奔跑
像一只撒欢儿的豹子
——雄性的
披满花朵的豹子
追逐云朵的妖娆

幸福那么细小,微妙

令我敏感，无措
浪漫过于铺张
让我惶惶

这多么像我的初恋
——几支蜡笔
画成的春天

（原载《青年文学家》2020 年 5 月）

山东卷

为青草颁发的授奖词

_ 辰水

故园已荒芜,早已不事劳作的祖父
从梦境里再次回来
他站立着。夕阳的余晖里,银发闪闪
地上的草已经黄了又青
许多年里,我们彼此未知
又默默在一册家谱里,按图索骥
触碰到尘埃里的惊雷
彼此为草,落地生根
你早已懂得作为一株植物的含义
在秋风的深处,藏有
缄默的权利。当然,如果命运的铁锹
挖掘我们,不亚于一次罹难
那地狱的深度,足以
耗尽一粒种子的力量。向上
头顶上的光亮
指引,这算是对青草颁发的授奖词

让它一夜破土

(原载《星星》诗刊 2020 年第 6 期)

苍耳花

_高伟

得有多少纯洁而创伤的声音　以至于
这个世界进化了这个　苍凉的耳朵
当苍凉开出花来
苍耳便也开花　一朵神灵的扛鼎之作

这个世界上有普遍的罪和普遍的苦难
神派来圣子来替我们赎罪
用他那钉在十字架上流出来的血来赎
苍耳　是不是也是一只倾听的耳朵
用来救赎我们制造的太多
有罪的声音　无明的声音
我们听不过来的和我们听不懂的
苍耳全能听和全能懂
苍耳因此是一只神的耳朵

这一坡的苍耳　一坡的听力
究竟听到了什么　我知道的只有一个
就是我不知道
我听苍耳开花

直到听聋了耳朵

(原载《北部湾文学》2020年第3期)

风光

_ 国哥

每个季节都有各种植物
让你产生陌生感,你甚至曾经
采过它的叶子、折过它的枝条
但你未必知道它的名字
就像你在路上遇见的村民一样
你知道他住在村东或村西
你知道他是篾匠或鞋匠
但他终归还是不知名的村夫
只有死亡才会让一个沉默的老实人
声名大噪
租来的大喇叭不厌其烦地播放
嘹亮的唢呐曲,仿佛
小心翼翼地活了一辈子
就为了铆足了劲
风光这几天

(原载"诗歌周刊"微信公众号2020年6月20日第412期)

无非

_李金昆

当第五十五次
看到树叶飘落
我不再去追究
为何飘落
而不管风说些什么

无非是秋去冬来
无非是星子移了位置
无非茶叶向杯底沉落
无非烟蒂成灰

我望见
院子里那朵月季花
一层层剥着自己的脸

（原载《诗林》2020 年第 2 期）

我的祈祷

_石棉

我祈祷这双手
不要长成一双摧残的手
在努力绽放的花瓣间舞动时
一瞬的摇晃
不是它带来了剧烈的恐慌

我祈祷花期越短越好
那些花瓣,刻苦于生存的浓香、淡香
只招引蝴蝶和蜜蜂
不要等这双手伸过去
就结出果实

我祈祷那些果实
每一颗都充满安全的苦味道

(原载《星星》诗刊 2020 年第 2 期)

白鲸

_ 王桂林

起初我身上也有燃烧的蓝色
现在长大,在北冰洋里
像一块坚硬的浮冰

如果把我当作一个词
我会突然跃出意象的水面
而如果,把我作为一个意象
我又会迅速潜入词语的海底

时间是我的老师,它一如大海
有铁矿石的大陆架,虚妄的泡沫
永不结冰的冰穴里难以预测的激流

我最大的困境不来自北极熊和虎鲸
当我的皮肤因成长而变得粗糙
我会蜕皮,懂得用岩石
重新擦亮自己身体的珍珠白

每天,我都看到蓝色的冰山在远处闪耀
比红头发的须海豹还容易辨认
我渴望那蓝色,即使我也曾拥有

海水的蓝色辽阔而沉重
为抵抗这无边的寂静
我在冰冷的世界中不断发出声音

（原载《青海湖》2020 年第 6 期）

细节令人着迷

_ 小西

我们转动门把手
而门把手也在转动我们
所打开的世界不是新鲜的
但确实又和前一刻不同
一些微妙的差别，才令人着迷

比如香气充满兰花的身体
在木窗的镂空中飘来隐约的一缕
恰好落在杯沿之上
比如冬日寂寥，一头笨拙的熊
突然从雪堆里爬出来
你以为惊喜不过如此
但紧接着，爬出一头更小的熊

（原载《长江文艺》2020 年第 2 期）

大地的屏保

_ 轩辕轼轲

车窗外
农民在大地上耕种
这个屏保
已经存在了
几千年
用咔嚓声
一划
就能露出下面
如同碎屏的
兵荒马乱

(原载《牧野》2020年第2期)

雨水辞

_于海棠

你留意窗外热烈的鸟鸣,沉甸甸的
枝条抓住空气的虚无
那摇摆的花枝,光影,让你了然的
思想无法落定。雨水日
小院里的草莓该发芽了
防雨棚下滴滴答答的雨水
今年将落向哪里?
故乡雨雾般甜蜜的
早晨又在哪里?
山核桃和苹果树,广玉兰白色旋转的
花瓣停顿消弭,它又将去往哪里?
母亲,我们还能回去吗
你站在灶前喊我们吃饭,上学
你轻快的脚步会回来吗?
乡下草木萌发,家燕归来
母亲
你紧握我的双手又在哪里?

(原载"送信的人走了"微信公众号2020年2月28日)

河南卷

手机终端区得句

_冯杰

手机非草本,非木本,非草木山川
非植物性,非山水性
保护屏无温度和表情
持机者开始酿酒
不限高地在垒着词汇
布道者言
里面藏着雪崩

(原载"诗陇南"微信公众号 2020 年 3 月 23 日)

光与花

_ 高旭旺

光,从太阳上,月亮上
走下来,躲进花里

这些来自天地深处的精灵
突破尘埃,坚守根部的神位

我经历过光与花的遭遇
词与词根的朝拜也无能为力

花园里,我深入季节
眺望,羽鸟为光而歌唱

光,是花的天堂
而,花是光的地狱

(原载《上海文学》2020 年第 6 期)

五月

_郝子奇

雨水的后面　站着五月
五月后面　站着消瘦的你

我看到了在雨水中散落的花朵
每一片　都像你曾经的微笑
带着憔悴　仍然凄迷

多么喜欢你微笑的样子
胜过所有妖娆的花朵
那是黑夜中的灯火
照出梦的轮廓　让我
留恋着温暖的意义

而我　是落完了雨水的云朵
已经无力抱紧天空　无力
抱紧这沉重的五月　五月中
伤痕累累的你

一无所有的我　还能抽出闪电吗
那点亮天空的闪电
一直是我梦想献给你的光芒

我所有的血　都想捍卫
五月的相遇　任狂风撕碎
我残云般的身躯
尘世茫茫　我只要
一小块土地　容下你消瘦的微笑
容我躬耕　容我劳作
让你的清瘦丰腴起来
像一棵玉立的麦穗
留着你的锋芒
收获你应该拥有的饱满和幸福

（原载《河南工人日报》2020 年 2 月 28 日）

正阳

_ 孙友民

南边有条河负责接通惊蛰，叫淮河。
北边有条河负责归纳霜降，叫汝河。
中间杂居着四旺族：麦穗，玉米，花生，稻米。

我和淮草也生长其间。
淮草负责守护黎民的房顶，
我负责背离。

公元前 11 世纪是一个国，叫慎。
公元前 2 世纪被裁剪成一个县，叫慎阳。

公元 18 世纪因避皇名讳,成正阳。
历史自有它锈迹斑斑却锋利无比的裁刀。

一马平川的大地像大海,一起,一伏,
麦穗、玉米、花生、稻米是轮回于起伏中的鱼群。
袁寨、油坊店、孙庄、余楼,都是航行的小船。

奢华的大地白天铺金,夜晚铺银,
像它的人民春耕夏耘,以酒当歌。

(原载《大河诗歌》2020 年春卷)

安静

_吴元成

和蝉不同,隐身在枝叶间
不动声色,鸽蛋大的白果
属于雨后的沉静
如许年即如此,守在
村口,寺庙前
即便移植到修电动车的小黄门口
也并不和喇叭声争鸣
光头老外来取他的车
问小黄是否把电充满
小黄需要反问两遍,才能
听清他生涩的汉语

充了,昨天下雨前充了
上午又充了,但未必满
旁边的胖老太盯着老外看
老外扭头看她一眼
你看什么
骑车从银杏树下远去
他的光头,和白果
一样的轮廓

(原载《莽原》2020 年第 2 期)

桃花潭

_ 翟永立

踏歌。渡船。桃花潭。至今仍令白粉们
心动不已
时过千年,汪伦的待客之道
在诗人之间,已蔚然成风
酒饭喂养友情,更喂养诗情
诗人们的心中
住着一个李白,一个汪伦

在桃花潭
我们追随古人的足迹
复制离别的佳话
吟一声《赠汪伦》

桃花潭水，便诗意横飞

(原载《印华日报》2020 年 8 月 7 日)

原地打转

_ 张鲜明

我发现上当了——
路，突然站起来
化作一根藤条
把我当作牛
牵着
往前走

路，太长，而且上下起伏
使我的脚步磕磕绊绊
我一生气
就把路折叠起来
搭在肩上

我的脚找不到路
只好在原地
打转

(原载《上海诗人》2020 年第 5 期)

安徽 卷

蜜汁

_李云

花蕊的心思只有一根针才能
戳破　惊天秘密在黏稠的河床流动
琥珀生成的模样

千万只花魂飞舞的心跳
最后沉淀为童年的微笑之色

多少次金翅振响催萌了季节的艳梦
金子打造的殿堂和金丝纺就的光线
从一朵花到另一朵花谁驭动一座金山在飞

花季里的花事过敏了多少人的目光
养蜂人是被花下了蛊的人

我只守着一勺黄金
不语　听窗玻璃被谁嗡嗡嗡地撞响

一下二下三下……

（原载《诗刊》2020年第7期）

蓝色货币

_梁小斌

我有蓝色货币，
我向这个世界公开我无限富有的秘密。

今天，我和迷人的棕榈订婚，
我去找银行家，
请他欣赏蓝色货币；
波浪般的图案上，
用中文和世界语印制着：
信任和友谊。

这是未来的货币，
要在全世界范围内流行，
全部美元和卢布都无法和它兑换，
我拥有它，
我敢敲响所有大门，
向空间传递，
我和心爱的棕榈订婚的消息。

应该怎样解释分明，

还有很多人
还没有见过这样的货币,
而我飘荡的心灵,
像晴朗的天空那样自信。

我的情侣
我向你公开我无限富有的情意,
漫步在通向太阳的超级市场,
我选择一粒红宝石送给你,
我有蓝色货币,
我有始终不渝的爱情。

(原载《安徽文学》2020年第10期)

青海长云

_乔延凤

就在金银滩草原的四面低垂着
就在昆仑山脉的峰峦间停留着
几十里　几百里　白絮一般叠起
又铺开
山鹰在你们的眼里只剩下一个黑点
骏马永远向着你们光亮的前方奔驰

高原的冻土层刚刚解冻
天空就被你们长长地锁住了

青海湖边啃食着青草的牦牛、绵羊群
时时抬起头来张望
它们的眼睛里总装满了你
总闪动着你们长长的亮光……

(原载《翠苑》2020 年第 4 期)

活着,是件危险的事情

_ 沈天鸿

那不为人知的危险,穿过
不为人知的那么多躯体
渐渐逼近——
多么茫然,口罩使人们失去面目地
相像,宛如孪生兄弟姐妹
却小心翼翼保持距离

雪始终没有降下。温度
在与危险合谋
似乎只有看不见的东西才能
抵达这个世界
其中包括生,包括死
包括生与死之间的敌对,抗衡

不可思议地,我感觉到
危险带来了

不是来自却又是
由陌生人产生的慰藉
——在我之外,有那么多人活着
活着,是一件危险、坚决
非常艰难的事情

（原载《安徽文学》2020 年第 7 期）

石榴

_帅忠平

我已将爱情用完
血和肌肉也消耗殆尽
但秋风的刀破开皮囊
又把骨头雕刻成
时光的贡品

我该用怎样的言辞,为它们立下
可以摆脱轮回的墓志铭?

（原载《青龙湾》2020 年 4 月 23 日总第 76 期）

温暖

_ 许勤

夜
闪亮的星星与对岸的灯光
依稀可见
站在阳台上
微风轻轻吹拂
送来阵阵香气

墨色的湖水
深邃而安静
那一声声低吟的嘎嘎声
忽然唤醒我内心的感动
湖面上游荡的可怜大鹅
我只是偶尔喂食
它们便把我当成朋友
时刻守护着我的家园

小小婴孩已入梦乡
他的脸上写满笑容
年迈的老狗相互依偎
日夜享受着舐犊之情
不知湖底的鱼儿
是否也瞪着眼睛

偷偷窥视着
这人间温暖

（原载《诗歌周刊》2020年10月5日总第426期）

双胞胎人格

_余怒

辨别同一和差异，观念的不同方面。自从
有了第一本书，我们写下更多的书，烧毁，
再写。发音构成词，词构成句子——必须都是
纯洁的句子，以保证我们都是诗人。感叹句
作为语言纽带。蜜汁语言。亲善大使的语言。
从小养成说服对方的习惯，为此两两结成伴侣。
（双头蛇朝两端拉扯，在断裂前保持均衡，
还要在断裂前后，保证它们各自活着。）
纯洁的书分配了我们的行动：你去造房子、觅食；
而你负责恋爱、怀孕；那么你呢，作为哺乳者；
你呢，去关心各种病、幻觉和病人，去做义工。
没有比我们更为复杂的动物，自称是猎手，
有通灵之心，是所有事件的开端。控制头脑
和手，辨别神经和躯体，意识和行为：弓和箭。
"藏好了，别让我找到你。"这是一种
失败人格：双胞胎。身为读者的作者。这是
修行者意欲达到的境界，如果没有自我干预。

（原载《雨花》2020年第6期）

侧脸

_ 张岩松

侧脸应是脸采取的转身
在一个滴水的省
一只面盆胡乱一扔,为了接水
侧脸就是迈着款款的步伐
走过门坎
住进速度7的酒店
在镜子前
把脸上的吻痕卸掉
一个纸箱子
揭开
里面放着变质的慢空气

(原载"诗南朝"微信公众号2020年8月28日)

江苏 卷

南方丑角

_车前子

"刚才,吃饭。"抱着一束假想敌、百合,
兴冲冲,她必须兴冲冲返回舞台,
让兔子抱着女儿,
尾巴多像胸口一粒白砂糖纽扣。

兔子整个扮演她女儿青春期,
演出结束,
两个老太太还是爱啃兔脑壳。

"刚才,吃饭。"哪个恶棍把兔子做成无辜开瓶器?
每次都要光脚踩死蜈蚣,
作为乘龙快婿,鲤见机行事,
优雅地宽恕地方名流,
都流黄河里吧,
岳父贩马尚未过江,"现在,睡觉。"

(原载《诗潮》2020 年第 6 期)

爱真实就像爱虚无

_韩东

我很想念他
但不希望他还活着
就像他活着时我不希望他死。
我们之间是一种恒定的关系。
我愿意我的思念是单纯的
近乎抽象,有其精确度。
在某个位置上他曾经存在,但离开了。
他以不在的方式仍然在那里。

面对一块石头我说出以上想法
我坐在另一块石头上。
园中无人,我对自己说
他就在这里。在石头和头顶的树枝之间
他的乌有和树枝的显现一样真实。

(原载《诗选刊》2020 年第 9 期)

在丰子恺故居

_ 胡弦

镇子老旧。河水也灰灰的，适合
手绘的庭院，和日常沉醉的趣味。
窗前植芭蕉，天井放一架秋千，
饮酒，食蟹，在大国家里过小日子。
一切都是完美的，除了墙体内
两块烧焦的门板（曾在火中痉挛，
如今是又冷又暗的木炭），
与他在发黄的照片里（某次会议间隙的合影）
焦枯的晚年面容何其相似。
小镇的士大夫，画小画，写小楷，最后，
却成了大时代命运的收集者。
据说，轰炸前他回过旧居，只为再看一眼。
而我记得的是，年轻时
他去杭州必乘船，把一天的路程
走成两天。途中
在一个叫兰溪的小镇上岸，过夜，
买了枇杷送给船夫。
而船夫感激着微小的馈赠，不辨
大人与小人，把每一个
穿长衫和西服的人，都叫作先生。

（原载《上海文学》2020 年第 8 期）

目击者

_邵秀萍

冲突还在,左右为难的
争论中,队伍还在
这被日日消耗掉的
磨损过的立场
——是我们需要的方向吗

带入黑色羽毛的暗喻
维护精英的形象
纽约上空的蝙蝠还在
孟买教堂的色彩冲撞还在

不可思议——
英国首相亲自走进人群
测试群体免疫
乌鸦唱着错乱调子的时候
乐器已经集体失去
音准——
不关心政治的鸟雀
不配拥有吉光片羽

没有比这更局促的春天
——她在模拟狂人,质问

鲁迅。他们互相诋毁
置身局外。不同形式的禁令
终将迎来恒久的内省

史书中,她丢弃掉的东西
看起来像脸
他们望向镜中的时候
夜色苍茫,仿佛黑暗中
躲藏的都是敌人

(原载"风吟诗歌"微信公众号 2020 年 4 月 12 日)

豹隐
——读陈寅恪先生

_育邦

万人如海,万鸦藏林
瞎眼的老人,困守在墙角
独自吃着蛤蜊,连同黑色的污泥
几瓣残梅,从风雪中飘落
劝慰早已没有泪水的双眼

愤怒的彗星燃烧起来
冰川化为虚无的云朵
尘埃与岩石匍匐在轰鸣之中
抱守隐秘的心脏,从未停滞的钟摆

低声哼唱青春的挽歌
坠落的松果,指引他
骑上白马,驰向大海

树木,高山,种子
抛弃根茎,静候
纯粹时刻的到来
严峻的墓地,他葬下
父母漂泊已久的骨灰
和一张安静的书桌——
仅仅属于他自己

负气一生,山河已破碎
他从茫茫雪地里,拾起
一瓣来自他乡的梅花
在历史的纤维云团中
蘸着自己的鲜血
磨砺时光的铁砧
火的深处,正生长出
一个浩瀚的星座

寂静的夕阳,最后的悲悯
赋予毁灭以光芒
故乡的花冠开始歌唱
辽远的歌声中,他辨认出
自己的童年,以及
秦淮河中柳如是的倒影

(原载《钟山》2020 年第 4 期)

上海 卷

一首关于戒指的诗

_ 季振邦

有人说,溶尽天蓝的滴水湖
是上天掉在临港的
一滴水,
似乎体现着某种适逢其时的
天眷、天意。

我则以为,从人间看
湖中那个图腾似的圆环,
更像一枚
硕大无朋的戒指——
湖面
是翡翠的戒面
是那一片碧波荡漾的绿……

谁能把她戴上手指?

塔吊仿佛有点矜持。

在吞吐着世纪风云的东方大港
稳稳站立着，
把整个世界装装卸卸
吊来吊去。
擎天柱般的吊臂
举重若轻，在云端
伸出一根兰花指……

其情温馨，其景壮丽
这是我来临港后寻觅到的
一首诗。

其实，与其说我来寻诗
还不如说诗来寻我——
天意眷顾的临港，
总让人激发美妙的灵感，而且
充满匪夷所思的
想象力……

（原载 2020 年 4 月浦东改革开放 30 周年诗选《在这片热土上》）

老屋

_牧野

青板石的脚印，染红了砖墙
滴答，滴答地，被屋檐洞穿

豆角蔓和围栏树,还在钩心斗角
爬山虎已经掌控了,雕花窗以及黑瓦头

掀起长袍,是爷爷的金戈铁马
程咬金的三板斧,关二爷的偃月刀
夹紧长板凳,挂根细布条
一拍惊堂木,就驰骋到潼关口

细碎的金莲步,唠唠叨叨走过
香樟木纺车,就吱呀吱呀地转了起来
一缕缕白纱,结满了老屋的灶台
模糊的旧铜镜,还能否看清?

(原载"诗日历"微信公众号2020年9月4日)

一只鸟

_ 孙思

一只鸟立在树上
嘴里唱着马兰花

它觉得这样真好
清淡轻盈,比婆娑的树影
还摇曳,还疏影横斜
没有深沉的苦与痛
月亮般,安静地挂在心里

世界那么大，自己那么小
可以在一首歌里，把自己喜欢的花
唱得芳香四溢，把一个早晨
唱得乳香无比

这样的幸福
距离爱情是远还是近

一旁树下
夜晚一到，一位老人
一把二胡，一会儿如泉水幽咽
一时又婉转到天际
偏还留着细细的一线
扯在地上，抽丝样
搅索着人心

或许对于一只鸟
没有所见，没有所闻，没有经历
深度，也就有限了

就如同喜欢与爱
就差那么一寸，仅一寸
就让它和老人，活在两个世界

（原载《草堂》2020年第4卷）

母象死去的夜晚

_武陵驿

你听见小象的哭泣么
我看着屏幕上小象逡巡
最后依偎在母象身边

夜里的丛林很温柔
感觉不到象腹的冷
院中的雨是象群的梦游

落水管里脚步渐渐响亮
早晨的事物壮丽起来
你听不见小象的哭泣

（原载《原乡》2020年总第91期）

江南雾

_ 禹农

白色的烟云,缓缓飘过一重重山峰
你的生命融化在这山中

站在风的顶尖,看无尽的云海
触摸霞光的炽热和锋利
跌落中,你依然吟唱

眼泪太沉,灵魂要轻盈地飞翔
你不愿在乌云下哭泣

青草绿树听不到你微弱的声音
透明的翅羽
舞动着的,是深深的寂寞

你是江南雾
轻烟里有你穿透迷尘的眼神
灵魂在飞

(原载《扬子晚报》2020 年 6 月 1 日)

音乐

_ 张烨

大海
一把扯碎
脖颈上的项链
发疯似的从窒息的蓝屋奔出

屋外雷电交响
海水浸没地球惊恐的头颅于
轰响的一瞬
珊瑚色的水妖从海底冒出

月亮轻盈走来从一道突然开启的
天门
朝大海莞尔一笑如柔美的女护士
伸出润滑的手臂
给大海服一支镇静剂

一切归入病床的宁静

（原载《星星》诗刊 2020 年第 7 期）

变形

_赵丽宏

把我变长
长成一条笔直的路
通向无尽的远方
把我变短
短成一枚铁钉
不知会被钉到什么地方

把我变大
大成一个广场
可以容纳四面八方的来客
把我变小
小成一张邮票
贴在信封上
不知会投递到什么地方

把我变高
高成一座山峰
去招揽飘舞的云朵
把我变矮
矮成一块地砖
被前赴后继的鞋底践踏

把我变成一朵花
绽开得鲜活美丽
但只能活一天
把我变成一座雕塑
凝固在古老的岩壁上
沉默千年万年

(原载《人民文学》2020 年第 6 期)

永福寺

_朱朱

I

残山剩水中你一眼望穿我
是个将信将疑的人——
圆寂在空翠的一角,你
跏趺而坐的姿容宛如生前。
戒坛太高,佛像太庄严,
蒲团散放成寒潭中枯干的莲叶。
踟蹰在廊檐下,磬板一声声
叫我顿失膝下的狂狷。
每每欣喜于你曾经独在,
烟低回香炉,云熟睡台阶,
在傍晚的洒扫中,青石板

像一面随月光而重圆的明镜。

II

生前从不更换泛白的僧袍，
浇罢一垄菜地，就折回窗边，
提笔抄写经卷；与你对坐，
萦绕我脑中的那些人物
恍若秋日最后一阵蝉鸣，
消歇在苦修的洞窟前，
那跃然于层林间的瀑布
正是为你滞空的几位护法使者。
入夜的寮房更是静得能听见
衣褶的哗变，那是蚌壳
碎裂在溪涧边的声音，
徒留我这团蠢动、嗫嚅的肉。

III

雨下在无尽的倾颓里，
雨下在甲板般升起的巨岩；
雨像你手中滚落的念珠，
遍野寻找属于它们的同一根线。
那仿佛是盘旋在隘口的风，
汇聚成阵阵笑声，彻夜不散，
嘲讽着我依然未走出多年前的
那场雨，依然为一个执念
妄语在拔舌地狱的边沿，
就连乱云收后，阶前
点滴的雨也如磬板一声声
仍在历数我的修辞罪。

IV

是入定的群峰，暂时清正
我内心的台阶，是雨后长空
那蓝色的火焰，带给我
一次自焚之后的洁净——
漫漶的辙迹已难以在回望中修改，
唯有成群受惊的野鹿奔逃时
溅开的火星，依然在化石里
映现它们背后迫近的阴影。
那匍匐在山脚，随骡蹄下
渐止的尘埃而清晰的城垣，
无非是那本正在被写的书——
今生我是一阵誊抄爬墙虎的风。

(原载《花城》2020 年第 5 期)

湖北 卷

我的蒙古包是天

_车延高

让科尔沁的风迎驾
不要王位,我只想在露珠的宫殿里来一次早朝
试一试王位重
还是
科尔沁草原草尖有力量

匍匐在土地上,尽管
连一粒尘土都不是
还是想让耳朵为一颗心认真地打一次工

听一听,马蹄到底是不是草原的心跳
一茬一茬的草被牛羊啃食
会不会喊疼

顺便,要问一声
大草原如果允许,我会去临幸那一地一地的野花

这里应该是家
我的蒙古包是天，诗人叫它穹庐

在这里真好，草是我的臣民
所有的花都封为皇后

（原载"中国诗歌网"2020年8月29日）

屋顶滑落的月光

_ 浮石

东辰草堂的四合院
月光从琉璃瓦上
滑落
如往年的雪粘合
地上的裂纹

庭院里
一口青铜色的大缸
还有旧时的呼吸
三把木椅围着八仙桌
浓荫之中
一个人起身离开

木几上
果盘里的橘子

有着世间不易察觉的缝隙
我看见自己
像一缕烟飘入果核
"那坐在黑暗里的百姓,看见了大光"

(原载《三味诗文》微信公众号 2020 年 5 月 11 日)

桃花谣

_ 荆江

白杨树和绿柳合谋
把河流
切成时光碎片
每片水波里都游动草或者鱼
肩头落两瓣桃花
桃花岛的岛主
他的药杵,不捣黄芪,当归
只捣痴望圆月的桃花
飞出宣纸的桃花
幽怨蝴蝶的桃花
把珠宝付与逝水的桃花
辅以三湖清风
竹匾的阳光和铁锅的文火
加桃仁若干
搁石臼里碾,研成细末
以蜂蜜调和

捏成丸，白蜡封住瓷瓶口
置于阴凉处三年成药
患相思的、失恋的、内分泌失调的
背井离乡的
可吃一粒
从此簪花把酒忘了乡音民俗
从此轻舟万里鼓盆而歌
麋鹿走进树林里
不再从树林里走出来

（原载《大地文学》2020年卷55）

我是你经过的西流河

_李艳

春风又十里，桃花跳上新枝
生火，扬帆，准备私奔
多么不靠谱！她用一罐蜜收买了三月的心

被三月抛弃的我
在琐事中缠身，光芒是看不见的
爱我的男人，给你一副好心肠
在一寸深的黄昏，提一篮清风来看我
一顶漏风的草帽将你暖暖的眼神压在心跳之上
没有说出的话留给前蹄腾空的汗血马去说

我翻了九十九座山，蹚了九十九条河
一路俯拾人情冷暖
淙淙流淌的不是河流，分明是一颗心的涟漪
——相逢是首歌，我是你经过的西流河
青青河边草见证过
昨天的一场微风细雨如何润物无声

（原载《中国诗友社刊》2020 年 7 月第 25 期）

佘山游境图轴

_ 刘洁岷

阴影堆积而成的黄昏
瓢泼大雨中阴郁、黏滞的灯笼
天宇中的星象在猛兽胃里翻江倒海
茅屋破秋风。一个粘上了酒渍的杯盏
数块荒石的坡脚上有数株老树交错而立

悲伤的泪滴和欢喜的泪滴同时掉下来了
与自己交谈的他，说的都不过是老生常谈
黢黑的画栋，山尖上的塔，勾勒的峰峦山石
皴擦的运用灵巧，线条流走得轻快
但皆沉入弥漫开来的一片夜色中

隔壁房间再没有母亲的窸窸窣窣声
墙头嘶嘶蜡烛燃烧出过去的时间：

着火的宅第,骂声如沸,余烬如霜烟
松江董氏72岁他落笔于《佘山游境图轴》
当其时,烧饼的叫卖声穿过厚重的雨势

(原载《上海文学》2020年第5期)

莲及故乡的作物

_卢圣虎

有没有这样的时刻:徒对四壁
适度的低头也是无援,唯有默认
心怀恻隐势必楚歌四起
举起拳头又放下,逼上梁山又能如何
翻遍古书找不到答案
于是溯源,想起莲及故乡的作物

淤泥为背景,离岸最近的最先被采摘
夏末只现残荷,成熟苟活一季
有了花或果实注定蒂落
蔚蓝映着绿野,天空如大地之檐
仍然容不下随风起舞的麦穗

这样的时刻让我心灰意冷
一箪食一瓢饮,生易行难
少不了周而复始的盛开和衰败

抬头是虚远的天,埋首是沉默的泥

（原载《散文诗世界》2020年6月刊）

我的春天

_燕子飞

我的春天像鸟一样飞过来飞过去
没有时间停留
因此我记不住它的样子
但是,我是有春天的
要不然我的夏天怎么会有你的出现

我的秋天漫长得像是不想老去
因此,可以说我没有冬天
就算有,也是像鸟儿一样飞过来飞过去
飞得像我的春天一样
记不住

（原载《自强文苑》2020年第3期）

红砖楼

_夜鱼

红砖方正厚实
构建的护佑，足以使
一群躁动的少年耗完他们的青春
我们曾绕着它疯跑
手扶红砖，墙内传来那么多
琐碎的日常。也有剧烈对抗
——狠狠摔门
等不到黑夜来临
又乖乖低着头返回
我们时不时地推搡，蹭着踢着
在它身上乱涂乱画
往某个单元门洞里丢炮仗
石子飞弹命中窗玻璃
噼里啪啦，粉尘簌簌不及落定
自从楼栋里的疯子，将他惨白的脸
突然挂在窗框上
红砖楼便陷入了莫名的凄迷
但这并非使它倾圮的原因
陆陆续续的叛逃也不是
多年后，我们事不关己，冷冷的一瞥
对它来说才是比铲车更早到来的致命一击

（原载《作品》2020 年第 3 期）

湖南 卷

黑桫椤的祷告日

_海上

或许　你们根本读不懂热带雨林
太阳光陪伴众生　祷告的时辰
你们或许应该重读《山海经》
它让人类如坠云雾　时光隧道
穿越千万年的洪荒天地
上古生物仿佛都是世外来客

唯有桫椤向人类证实了恐龙时代
它以最弱的生存方式隐秘地活着
恐龙灭迹了　最后一丝基因被鸟类收编
同一时期的植物都匿绝于大地
从三叠纪到侏罗纪到白垩纪的峥嵘
活下去的意志随着时间被一次次置换

翼龙脱胎换骨后
被世人拥戴为"始祖鸟"
鸟王神祚正逢祭祀鼎盛

谦逊的桫椤在山谷下默祷
必须学习"孤独"地冥想
以抵御八方天敌的掠夺与剿戮
每一种生存形态都要践行祈祷

天地之间　乾坤挪移变迁
生物钟一直在校对宇宙的总元素
所有化合物对于自己的历程
都有命脉传承下去的记忆
而这些种类活在大生命之外
宇宙是一个大生命场

桫椤悟到了天地道德启示
如同采集了生存法则要领
"做植物中的见证者!"
必须不受任何荣誉打扰
持守天真的孤独
隐身于各种化学方程式中
祷告!

（原载"百科诗派"微信公众号 2020 年第 18 期）

海边秋末六句

_解

枯叶，风中不知所措

稚嫩的笔迹前，一张张沧桑的脸

爬墙虎，像十月的蟹
悬挂深秋，纷纷朝太阳延伸

野猫，在墙头找寻温暖
旁边红屋顶，有阳光的印记

（原载《鸭绿江·华夏诗歌》2020年第3期）

五月的河

_凌小妃

总喜欢在河堤上行走
某种岸的延续，让水面更加沉默
五月的河逐渐丰满
只有盘旋的鸟鸣，偷窥到它的隐秘

纤夫的号子。诱惑着
岸和岸上的女人
我开始迷恋，河床底下的故事
幻想着比河流更长的河

身体里的水声，沿着芦苇的方向
指向五月的黄昏

（原载"汉诗选刊"微信公众号2020年9月27日）

七行

_刘年

以太行山脉开头,阴山山脉
贺兰山脉,祁连山脉,天山山脉,昆仑山脉
以冈底斯山脉的冈仁波齐圣山结尾
共七行

贺兰山脉最短,昆仑山脉最长
塔克拉玛干沙漠,是三十三万平方千米的留白

昆仑和天山之间,累极的行者,和衣而卧
因此多出一行

(原载"行吟者刘年"微信公众号 2020 年 4 月 8 日)

像一卷史册

_谭晓春

整个五月　乘着一片月光
驰越了五湖四海
家乡的山水
在苍茫的深处
江南的湿润
淹没了深厚的怀念
他们是幸运的　生命还在
就一定去追逐远方的落日
五月十二日　像一卷史册
从盆地的封面上苏醒

他们背着行囊
长长短短地说着西南方言
肩挑的生活
岁月的栽培
在漫长的流放中传承
那些弯曲的脊梁仿如乞丐
在大地上奔跑
含着疼痛与四季的演变
用尽一生的力量
而稠密的日光
像宫殿里的念唱

内心的乌云
仍在生活里跋山涉水

（原载《牡丹》2020年第8期）

黄洋界

_唐志平

对浓密的、风吹不散的雾
有怨，有爱
怨它遮住了山的秀美、雄奇
更爱它封山封路的心意
怕打扰了长眠于此的英灵

轻轻地穿过林木间
找到当年伏着战士的壕沟
有勇气灌满胸腔

在击中敌军弹药库的炮台旁比画
可有一枚炮弹
击溃今天蜜罐生活中的
颓废和慵懒

（原载《草原》2020年第7期）

春

_张战

在鸟鸣比刀刃还锋利的春天
她祈求乌鸫鸣叫时音量小一点
下午的叫声能不能比上午的暗淡一点
明天的叫声能不能更软一点

她祈求红梅落下时花瓣不要那么白
如果红梅只能落白花瓣
她祈求它们像雪
能捂紧在胸口慢慢融化

她祈求风跌跌撞撞奔向树林时不要哭
风一哭就软脚
最粗的松树都扶不住
她祈求至少有一个树洞能让风躲起来
哭声也应该有一间自己的房子

是怎样、为什么、怎么办
这就是一切的归结

站在悬崖缝隙
她以为自己站稳了地
摸到了天

(原载《鸭绿江·华夏诗歌》2020年2月号)

江西 卷

东方白鹳

_ 大枪

在绚烂的江南老家，我从没有见过这样的大鸟
从没有想过"绚烂"这个词会从一只鸟身上
重拾回来，直到在东营黄河口，我看到
一只，两只，然后是一群这样的绚烂
连鸟巢都是绚烂的，这让我得以从容地和我的
遥远原乡进行概念切换，和一九八〇年代的母亲
母亲丰大而迷人的乳房进行切换，我的童年
被养育在那里。她们有节制的一夫一妻式的爱恋
又让我为过早失去配偶的母亲而倍感悲伤
我完全陷入这种专一，绵密的爱中
并且毫不费力地用"她们"来指代它们
这或许属于我个体的"恋她行为"，因而能轻易地
从她们羽毛上的纯白延伸到故乡幕阜山上云朵们的
纯白，又能从她们长腿上的嫣红，对应小妹
嘴唇和鼻尖尖上的嫣红，我为把她们等同于
母亲，妹妹，和安放着父亲的幕阜山而没有丝毫
羞愧和不安。当她们坐在云上观礼，立在水边抒情

当她们从黄河迁向长江,迁向长江之南
我又会生出作为家人所应有的欢喜和担忧
我们相遇在春天某一处向阳的滩涂上
因此有理由相信今后的图景都将是向阳的
我还将签署一篇备忘录:承诺在未来的诗歌中
可以无限制地为她们使用关于美好的形容词

(原载《山东文学》2020年第9期)

汨罗江与屈子祠

_戴逢红

流经屈子祠的汨罗江特别安静
像刚过门的小媳妇,屏声静气
甚至连江风也收敛住,听不见风的语言

对一条江来说,经过几千年的熨烫
再深的不安,也该平复如初
何况当时的朝野,哪里有方寸之土
能比映照天地的江水,温暖而洁净

这源于幕阜的水,如江南的女子
自从被一位诗人在初夏的雷雨中
种上忧国忧民之蛊,从此就割舍不去

江岸的上空,不时造访的乌云

似乎与江水齐暗：像低垂的帷幔
压住飞鸟的翅膀，和喉咙——
这些沉重的，贴水起舞的魂灵

江的爱和坚执，让投江人始料不及
让一条柔情百转的江，背负起无辜
更是向死而生的诗人不忍卒睹的
他们一个在绵绵无尽的江里，以泪洗面
一个在炊烟四起的人间，倚江相望

（原载《绿风》2020 年第 1 期）

千年银杏落叶

_洪老墨

这落叶，是金色的，
也是陈旧的。
一落，就是四千多个春夏秋冬，
有如不断返回的夕阳晚照。

这是又一次四季轮回
到来的生命，对即将逝去时光的
再现。

这落叶，又是一种金色
陈旧的文字。

当它被诗意成美丽，
就是被放松和飘落的智慧。

（原载《品味·浙江诗人》2020 年第 1 期）

旅梦江南

_黄静远

珠箔飘灯
夜色下的阡陌小巷
在雨雾中融成了一弯弯浅水
远道而来的旅人
化作一尾尾鱼
穿梭其中

长街窄巷
油纸伞下的袅娜身影
似乎还在颓圮的篱墙旁彳亍
檐水凝结着丁香的幽怨
滴落在青苔覆盖的浅洼

粉墙黛瓦
两岸沽酒的铺子
飘来阵阵酒香
抵不住诱惑的外乡人
最终醉倒在水乡的臂弯

乌篷碧波
一桨涟漪摇碎的倒影里
又会是谁的枕下残梦

(原载《百花洲》2020 年第 4 期)

相框里的白鹭

_钱轩毅

西塞山前的白鹭和我合过影
然后，它就在我书房的相框里飞
不知疲倦地飞，没日没夜地飞
永不停歇地飞。我知道它想夺框而出
却飞不离不足一尺的天空
我也一样。在唐诗宋词里飞
在心造的幻象里飞
远方在框外，在窗外，在梦外
春风起，稻田会绿，"一树梨花落晚风"
它已不是其中一只
我也不是

(原载《百花洲》2020 年第 3 期)

遇见一个人

_ 曲旦

除非是他被幽禁于这棵古树
一千六百年不停打哑语
用叶子记事。我从
那撞击年轮的颤音中听出
那声源自东晋的叹息

菊花如雨。东篱倾倒
"作为树,我已活得太久"
满地都是他开始失去的耐心
瞻仰的人群蜂拥而至
"他们只关注美颜相机
和我的枝叶"

"藏身一棵树最大的悲哀
就是树干硕大,而我
早已空心"

(原载《诗歌周刊》2020年8月2日第418期)

河流

_徐琳婕

哗哗地,永不知疲倦
似地狱通往人间的出口,是苦难的
闸门
下完地的男人,来这里洗脚、洗脸
双眼越洗越浑浊
忙家务的女人,来这里洗菜
洗衣服,腰背越洗越弯
夏天,男人女人一起来这里洗澡
皮肤越洗越松弛
你看,活着就要不停地洗
不停地在这苦难里挣扎
尘世那么多河流,那么多
苦难的出口啊
我的眼里,也装着两条

(原载《草堂》诗刊 2020 年第 6 卷)

风吃着旷野

_周簌

要用一块被赋形的冷蓝
补贴我精神的漏洞,在此之前
一切操作都是练习
一切目及之物都是幻象

幽灵练习穿墙而过,大鸟练习飞翔
植物练习垂爱大地
月亮练习用满身碎银打造一件器物
万物归寂,我们只有一把语言的梯子

升向漫长的奇迹。从未停止艰难的攀爬
"苹果砸进词语的深渊",唯有更深地陷落
语言的梯子才能随意志上升
风吃着旷野,泥土的骨灰落进云层

(原载《作品》2020年第6期)

浙江 卷

今夜,让我的心跟随你们去武汉

— 黄亚洲

这是深夜,我只能,让我的
一颗心,一颗感恩的心,跟随你们
迅速而沉默地前行

这是在灯光昏暗的车厢内,我看见你们
一个个,端坐着,一声不吭
你们,有的是郑重地告别了家属,再三地拥抱了妻子和儿女
有的则是,根本不敢跟父母提及目的地
只说,自己是因公出差

不敢提及武汉,不敢提及那里的
已经关门的野味市场里,死神在悄悄徘徊
不敢提及,那里的大街上救护车在啸叫
大夫不够,床位不够,设备不够
不敢提及,那里的发烧门诊面前,正排着长队
不敢提及,那里,最不缺的
是焦虑,是眼泪,是哭泣,是求援,是一句使人难受的问话:

我的妈妈什么时候能够住院治疗？

现在，你们都默默坐着
掠过车窗的树木，像一柱柱黑色的闪电
你们自己内心的电闪雷鸣，已经平静下来
因为你们亲笔写下的报名书、决心书，乃至血书
都已经在昨天递交了
祖国，伸出右手，亲自取了过去

现在，陪你们一起默默坐着的
是你们的防护面具，是你们的医疗设备，是属于你们自
己的
性命！

你们把自己的性命，与红十字符号
整整齐齐，收拾在了一起
我听你们说过，你们自从走上救死扶伤的岗位
就已经仔细称量过
中国人民的分量与自己的分量

因此，你们在第一时间，就听见了武汉的哭泣
也在第一时间，用写决心书的笔
接通了
自己的血管

我是在高铁站与你们告别的，我甚至
不敢跟你们握手
但是，我在流泪

我多想在这种生死决战的关头，跟你们握一握手，代表
你们的妻子，代表你们的丈夫，代表
你们的儿子和女儿，甚至
代表你们年迈的父亲与母亲
因为我知道，你们是去跟死神拼杀的

你们会很勇敢地把自己的性命，从剑鞘里拔出来，但是我明白
你们厚重的盔甲，也有被刺穿的可能

现在，你们正坚定而沉默地奔向战场
车轮与心跳，一起在黑暗中轰鸣
武汉已经很近了
你们的腮帮咬得很紧，严酷的使命与严酷的命运
已经开始敲响车窗了

我甚至看见你们其中的一位，眼眶里
忽然有泪水流出
他不是害怕，也不是心慌，也不是刹那间想起了才两岁的女儿
他是为自己的使命感动
他终于在危难之时看见了祖国，而祖国
也在危难之时看见了他
他是激动，为自己激动，他是在焦急等待列车到站的那个瞬间
而那个瞬间，他将阔步
走向人间大爱
阔步，走向自己
阔步，走向一个大写的人！

（原载诗集《今夜，让我的心跟随你们去武汉》2020年4月版）

眼睛

_六月雪

瞧,我有好多眼睛
能告诉你所有真相、意图、出处
但是,对不起
我仍然是个盲人
在这个世界上,睁着眼睛
的瞎子不少
我想告诉你的
也正是你想告诉我的
我们心知肚明
却紧闭各自的双唇
那么多神领意会
成为我们的默契与障碍

(原载《天津文学》2020年第6期)

自拍

_帕瓦龙

我开始空下来,当同所有的无所适从
拱手作揖后
天又暗下来,古老的法则
每一夜的简单重复,黑色羽翼包围之下
审视自己的神态
就像聆听一只蝙蝠的警世预言

我一直说不清
我来到世界与之相应的复杂关系
生命看似漫长,其实沧海一粟
看看南宋一晃离开杭州七百多年了
雪花款款走过
有多少人记得埋葬一个帝国的悲凉?

所有的梦都会在清晨醒来
那些通体红色的台词只适合戏文演出
我的本意,并非缄默
或者做一只不食人间烟火的灰鹤
我只告诫自己
自拍时可以不看镜头,说自己的话

(原载"我们读书"微信公众号 2020 年 7 月 27 日)

我的澎湃来自海

_ 壬阁

守在金海湖高速卡点,就守住了
两个多月的鱼肚白,守住了
起伏二十公里的东堤岸线,守住了
倾倒在这片新土上的成吨誓言

朝阳提着金丝线,在围垦区的舞台
在十万亩热土上,牵着芦苇歌舞
一排排脚手架,也顺势被提拉起来
不远处的一架塔吊,挥舞臂膀配合节奏

我的心窝,开始接受这澎湃的灌充
接受堤坝外万顷浪涛,接受一只海鸥
衔过来的,石子般的信心
接受这土地深处,化石状的潮声

(原载《平安时报》2020年7月3日)

为白杨而作

_沈苇

绿洲的银柱,到冬天
更加挺拔、简约、尖锐
白茫茫大地进入木刻时光

积雪掩盖疯汉胡须般的麦茬
将光秃秃的树身变成
刺向天空的长矛和利剑

大地已停顿、沦陷
像一只深藏的墨水瓶
白杨有足够的墨水用来痛哭

寒风入骨,抖落的枯叶
它失去的浮华和言语
这赤身裸体的哑默之树
正从冬眠中警醒

风的起义,使它揭竿而起
风与风、树与树之间
一种无名而沉雄的力
在寻找生与死的裂隙……

越过整齐划一的白杨林带
是风暴的耕地和旷野
呼啸或呜咽,都是
大自然出示的绝对权威

(原载《诗刊》2020年第6期上半月刊)

渔父图
——致吴镇

_石人

那些远山在持续修正的险景中,被嵌入墙面。
没有年份的参观者鱼贯而入,在我左右伸出手指,
透过熟谙锃亮的玻璃罩,指认各自模糊的面孔,
而不能区别于黑白世界的真实怨望。严寒
克制住杭嘉湖的温情,每张摹片都是欢娱的幻象。

积雪的侧影下阒然无人,也没有人会去靠近
游离在饥饿以外的水墨之徒,无意回应
权势的犀利,绚丽而便于挥霍谵妄的皴染
如不可预知的卜象,瞬间断裂的纹路并不需要我
用自己的经历找到借口,向他们解说清楚。

那魏塘的体重日增,但不够一支毛笔顿下的力道,
渗透到运河,所有见过的湖泊从此失去了
居高俯视的可能,如飞鸟突然坠落,波浪泛起。

漂离的扁舟何尝不是内心放空的孤岛。
渔父忘归,他执意钓鲈鱼,哪个汀洲又不是家?

漂泊得太久总会带来柔化,交付了自己的隐市
我并不觉察到一个旁观百态的乡邻,只是专注于
内心暴虐的孤独者。遥远的窗口依然有梅香
隐匿的身影。或许我能离开这些忘乎所以的人群,
进入那空白山水,哪怕留给我仅有的一次机会。

(原载《浙江作家》2020 年第 7 期)

高声喊叫

_顾北

这辈子注定胆子小
竹篱笆,铁栅栏
把自己围起来
一切都很顺利
但心里一直有个愿望
高声喊叫——
比如人群中来那么一嗓子
比如,深夜里,在阳台来那么
一嗓子。田野、树林
我不否认喊过,高声啊
像打捞珍品,又在半途掉落
唉,多么希望将一树春花
叫醒。"春天都要过去了
你却背叛了喧闹"

(原载《福建文学》2020年第9期)

山顶上

_荆溪

植物是奇怪的东西之一
石头是奇怪的东西之一

绿——的醇醪,如知音间的飞瀑、绝崖。
绿——忽然缩小的蓝——贮着一个天人,
其乌云夹着闪电,闪电中的华兹华斯,
闪电中的琭琭,闪电中的瑛瑛,闪电中的
渌,闪电中的笑涡

时间——是奇怪的东西之一
空间——是奇怪的东西之一

永始的存在,凭其神想。憬思。
而你听——音乐之所以华兹华斯?
我是一只鱼,可在
鱼的梦中?我是一棵植物,可在
植物的梦中?我是一块石头,可在
石头中?我是时间,可在
时间中?我是空间,可在
空间中?

当天空和海水的蓝,忽然拓大,投在

大自然的怀中。
当盐——是盐的出现。
当古代的热烈令一切事物重返事物。

当天亮前,风的指尖,穿过宇宙。无数
宇宙。
当碧岩的旋流旋过明映的月的
发光体——山顶上。

(原载"中国诗歌网"2020年7月5日)

屋顶上的旧轮胎

_康城

屋顶上躺着一大堆旧轮胎
不再运转,奔跑
走过的路,仍然在山川之间
没有一条路消失,或被重建

雨冲刷屋顶
旧轮胎的记忆发亮
它们在屋顶上,背互相依靠
没有说话,也并不感觉寒冷

黑色的旧轮胎,散布在木板门、窗户
和竹楼梯之间

几天前我发现它们
并未想过它们早已待在那里
或许比我来得更早

在空中屋顶是宽敞的车道
想象中的奔跑仍在继续
怀旧的气息从轮胎堆放的姿势里发出
看来雨水并没有冲刷走
原本清晰的事物

(原载《新诗路诗人年鉴》2020年3月出版总第4期)

向两个伟大的时间致敬

——写给"中国观日地标"三沙花竹村

_ 汤养宗

两个伟大的时间，一生中
必须经历：日出与落日
某个时刻，你欣然抬头，深情地又认定
自己就是个幸存的见证者
多么有福，与这轮日出
同处在这个时空中
接着才被一些小脚踩到，感到
万物在渐次进场，以及
什么叫被照亮与自带光芒
另一个场合，群山肃穆，大海苍凉

光芒出现转折

说时间也有告诫

落日轰然坠下，一部书

要合上，余霞成为不彻底的事物

等待第二天，另一个英雄

火红的故事新的篇章

有人赶来圆场，说天地就是用来回旋的

这圣物，秘而不宣又自圆其说

保持着大脾气

万世出没其间，除此均为小道消息

（原载《诗刊》2020 年第 8 期）

另类的数学

_许建鸿

亲，我们的近

只隔一层肌肤

这是肉体的距离

最小约等于零

物理的空间不去关注

我只在乎心灵

我和你

一加一不等于二

高等数学算不出

我们的玩法

当你中有我
我中有你时
合二为一的爱
是另类的数学

(原载"世界诗歌网"2020年8月23日)

璞玉

_伊路

白垩纪是我的宫殿
火山和大洋生出了我
我喜欢和溶洞里的河流一起玩,喜欢跳舞
我的身体弯一弯,岩层就柔软地抬起
躲在里面的湖倾倒出来,变成数不清的小镜子
我在等一朵花,有一缕香
从不可知的遥远里,曲曲折折
隐在我生命里很久了
我要戴着它照镜子

是不是有一道法令
让我成为年龄最长的女孩
有什么不可以老去,永不能死
但此刻的身体如被砍劈一样疼

周围的一切都不认识，我恐惧

巨石在崩裂，一整列青山和我一起奔逃
古老的大星星轰隆隆地跑
我想从噩梦里醒过来
我要我的那朵花

(发表于《福建文学》2020年第8期)

洪山：矿野时光

_ 张左

这里的石头被唤醒
八〇后记忆中的金刚锯齿
时间被切成一片片红色的盛宠
像城市高楼穿着的裙裾

洪山。她如同橘子洲头上的领袖
四十一米的宽度。远望一种滔滔不绝
或者我们静坐台阶，学习俯视洪峰
作为开采者，这是同学的辉煌巨作

一些词洗了又洗，擦了又擦
同仁们读云就势，乐视共中
在凹凸之间，石窟蓝湖之间
风景和风度之间，名称与卦象之间

王寿山，恰似炎热的天气里光着膀子
伤痕显示了他的老，又等待某种治愈
而我们，仿佛参加野钓的小渔夫
能钓起其中一阵阵泛光游走的鱼群

你要着手思想发出光芒
你抑或静候佳期望月溯溪
我的抒情是我的童年不矫续正
我的偶遇是让一块宇石活得新鲜

（原载"世界诗歌网"2020年8月5日）

擦拭叶子

_子梵梅

擦拭绿宝树的叶子
为何可以如此耐心
因为心思离开手指
飞到很远的地方去

是的，灰尘落满树叶
每一片都没能幸免
擦拭它们。心思不在其上
所以擦着擦着，可以擦出叶绿素

窗外车水马龙也听不见
雨滴有一搭没一搭滴落
在铁皮屋顶上也听不见

还是有一些叶子蒙尘
像在世间走了很远的路
微微卷曲,耷拉着脑袋
微微颤抖,落着低低的叹息

总有蒙尘的时候
所以要不断地擦拭,不断地叹息
它们才会明镜似的
返回到透亮
等着下一刻的灰尘扑上来

(原载"反克诗歌"微信公众号 2020 年 8 月 18 日)

广西卷

老木匠

— 安乔子

木材整齐地叠放在屋里
听候一个木匠发出的指令
该是什么他心里有数
给一个木材钻孔
发出的是他的尖叫
恍惚被洞穿的是他自己
这加深了人到老年的恐惧
难得糊涂,但每一道工序都要清楚
用旧的手,依然能刨出朵朵浪花
留下来的部分是它们的余生
另一些是送到火葬场
一些木屑从他身上飘下来
但味道已经开始腐烂
一些木屑停在头上的白雪
但他抖不落了
对一根木材进行质问、追溯
每一根都有它的模样

质地光滑、细腻和精准
做好的木材在另一边,等他为它们披上
一件最后的嫁衣
现在,一些事情有了定局
推开门那瞬间,等了三十年的人来了
和他较劲了三十年的人来了
他已经老了,双手递上一根烟
并替他点燃了
"为我做一口棺材吧"

(原载《诗刊》2020年3月下半月刊)

悲伤穿着一件大衣

_非亚

悲伤穿着一件大衣
来敲你的门

他还戴着一个套头帽
踩着一对帆布皮鞋

背着一个背包
手里拎着一瓶酒

风暴灌满了他的口袋
棉布衣服散发着饭馆的烟味

一条屋顶上无形的曲线
标示出他过去的轨迹

他去过的小镇
他住过的连锁酒店,他拉过的一个女孩的手

午夜的阳台他观看月亮和流星
杂乱,缤纷的梦中流下幸福的眼泪

人生如同一列火车
钻进了山洞,又撞击一块广阔的平原

始终保持奔跑的姿势,好像有一块磁铁
在前面吸引恒星

那死去的朋友,兄弟,以及老年人
那渺无音讯的一个个名字

理想的火苗,犹如一盏高高的路灯
照着浪迹世界
又独自返回路边旅馆的那个人

悲伤穿着一件大衣,在风暴中
走进房间,悲伤低着头

在灯下用牙齿咬开一瓶酒
那逝去的时间像一头受伤的豹子,那死去的雄心号叫着
窜进了原野

(原载《长江文艺》2020 年第 7 期)

长着人脸的羊

_ 刘频

长着人脸的羊
在穷人的炊烟里出现。只有我知道
它就是我前世的样子
眼神悲苦
鼻子和嘴唇翕动着,朝着神走失的方向

这张脸,是舔净了刀子上的血水
和羔羊的眼泪
才能长出这副慈悲的模样
是吃尽了命里最苦的草
和最毒的鞭子,它的眼神才如此
和顺,低垂,像晚钟里一个农妇的默祷

那时风吹来,像翻动着羊皮经卷
羊循着远远退去的一片草地低鸣
它垂下头,垂下一张人的脸
直到暮色里浮起一盏荒凉的马灯

长着人脸的羊啊,就让我用这张苦脸
回到你的身上吧
就让我用你嚼过的全部野草

去领赎我的戴罪之身

(原载《广西文学》2020年第8期)

桉树林在出汗

_ 陆辉艳

桉树林在出汗。它们的顶端
长出了黄金
太阳一样照着人们的脸

如此朴素的，沧桑的脸
如此急迫的，幻想着将来的脸
整日整夜的劳作，让生活看起来
并非一团废墟。并非

被眼前绑缚。它们有
抓紧一切事物的强大根系
单纯的人们，用某物
换取另一物
满足于正经历的，被平衡的幸福

他们走在黄金滴落的密林
没有人注意，突然而至的干旱
绿色的沙漠，似乎
什么也没有发生

自然在不停的往返中
当它们变成工具,砍伐自身时

（原载《诗刊》2020年5月下半月刊）

我心至此

_盘妙彬

落日西沉,天光尚在大河头
晚风向东吹
两岸平阔的竹林摇曳起伏,激荡,澎湃,我心至此
生命鲜亮多姿,脱缰,自由,阔大
美与力量奔腾和欢呼,就是这样,正是这样

天光尚在,大河弯曲
万物洁净而神圣,我心至此

千千万万的竹子向上,向上
它们波澜壮阔,以风的形式跑出一个人的灵魂
天光在风和竹子的反复洗刷中越发闪亮,就是这样,正是
这样
我心至此,不能自已

就如一棵竹子不能不尽力向上,交出自己的姿态和灵魂
晚风向东吹,大河向下

（原载《诗刊》2020年3月上半月刊）

斧头上的情感

_唐允

有些过去的情感留在斧头上
像灰尘一样
某天刚从外地回来的我用那把斧头劈柴做饭
父亲在旁轻声说:"你只给我买了东西,
那你妈呢?"
我忽然流下泪来。大山中的暮色降落
我们三个人的那顿晚餐
我记得。六十瓦的灯泡太亮了
我们变形的影子贴在墙上默默划动
我们吃了很多
但桌上的饭菜不可能吃完
它们被留到下一餐
下一餐吃不完也没有倒掉
有一天自然就不见了
有一天我在屋子的某个角落
看见这把斧头,身上落满尘埃

(原载《广西文学》2020年第8期)

那个在浣水河捕鱼的人

_谢夷珊

下车后，我拐向通往桃花源的路
夏天悄然降临。流水丰腴，阳光变厚
一些蘑菇头的桑树，一片披肩发的竹林
被风吹散，招来鸟雀的鼓噪

我为浪漫和欢喜而来
船只被搁浅一边。从桑树和竹林间
走出的人们，在沼池边喧哗

杭瑞高速，横跨田畴阡陌
青山般的古韵飘向远方又飘回来
这里的溪流，桃林，是安安静静的

伫立河岸，并非为了曾经的热爱
谁将踏歌前行，桃花落尽
暮晚，我看见那个在浣水河捕鱼的人
他的一生都在追逐桃花源

那个在浣水河捕鱼的人
他会捕鱼到终老，直至油尽灯枯

（原载《诗刊》2020年8月下半月刊）

HAI NAN JUAN

海南
卷

以猎人之手

_艾子

以猎人之手
环套着环
旋转　蹦跳　载歌载舞
使我们免于各自拙笨地飞起来

不必抱怨
以我们最大的智慧
工业的烟囱高于森林
人类的劣根性高于良知
只要稍稍调试枪口
深渊便足以扼紧我们一生
膜拜自由：这个鲜艳的词
早已被时光丢弃
在飞鸟稀少的天空
观看纸鸢
它们将衡量我们的高低

以猎人之手
环套着环
在人类的文明背景下
鸟类无法到达天堂

告诉我们的孩子
敬畏　道德　怜悯
重温四书五经
以猎人的枪
破开雾霾，到达食物链的顶端
还原
庄稼的土地
飞鸟的天空

（原载"新汉诗选刊"微信公众号 2020 年 9 月 9 日）

蝴蝶

_陈波来

闷浊人世，谁愿意辜负
绚烂又轻盈的飞翔

如果幻化，我不会是孤独的那一只
是呼啦啦一群，拽着灵魂挣脱肉身

有多少念想就有多少蝴蝶，我

是用身体埋葬蝴蝶的那个人

越来越驾轻就熟,谁不知道绚烂
是一种既爱又惮的重,重过飞翔本身

但任它翩翩来去,人世非地狱
花间亦非天堂。一点肉身再轻也要落地

是了,我正好褪下
残存的薄翼和香息

(原载《绿风》2020 年第 2 期)

黄河入海口

_ 韩庆成

愿意,还是不愿意
都是要入海的

人们在这五个字前
抢着拍照
他们不计较这五个字
不过是一块石头

真正的入海口还远着呢
但我们都已止步

此地的黄河　就这样
被决定为黄河入海口
刻在石头上的五个字
是红头文件
也是圣旨

黄河在这里
固守着它的黄
它磨蹭着
浓墨重彩的黄　笨拙到
仿佛已不能流动……

再黄
也是要入海的

（原载《现代青年》2019年第12期）

一只白鸡

_江非

如何想起一只白鸡

想起它在一道栅栏下啄食
红色的鸡冠有节奏地扇动
其他的鸡都是灰的

只有它是白的

想起它单脚立于栅栏之上
一只爪子轻轻地挠着脖子
它不是特别的
它只是一件白色的事物

雪后的空地上
一只白鸡融身于另一种类同的物体

想起它向远处踱去
在关涉着别处的生活
又向着近处笔挺地走来

一只白鸡是你爱过的
一件白色的衣物
白色有关于白色的记忆
白永不会倾塌

如何把一只白鸡想起得
更加准确，更加清晰

一只栖宿于高高的树丫上的白鸡
它浑身都是雪白的
它在高处
只有它硕大的鸡冠是红色的
白鸡是红色的

（原载《诗刊》2020年第6期上半月刊）

致废弃的小学校园

_ 李林青

一座废弃的小学校园
像校园附近的稻田
当金黄的稻浪逝去
我看见六月深深的焦虑
荒寂的校园
翻飞着记忆的蝴蝶
破损的玻璃窗随风摆动
黑黑的窗口仿佛一只黑黑的眼睛
它在无声地关注
每一间教室的动静
关注孩子们手持煤油灯走向更深的黑夜
它甚至还关注稻田
关注啄食稻穗的麻雀
像孩子似的飞临校园
然后又忽然消失

(原载《特区文学》2020 年第 4 期)

假象

_许燕影

花蕾醒来在二月的刀口
被春风蛊惑,紧攀着枝脉温习吐纳
隐匿的私语惊飞第一声鸟鸣

感知被蒙蔽,她们并不知道发生了什么
刀上舞蹈,倾尽全力绽放
是的,既定的春天从不辜负时令

唯有明月的冷光窥破暗海的恣意
潘多拉盒子被夜的手悄然打开
星子惊乱了水波,镜像瞬息间破碎

(原载《作家报》2020 年 4 月 10 日)

所有的怨气在春天一笔勾销

_乐冰

我是春天悬崖边
攀爬的一株植物
我的心里藏着一匹野马
我渴望打开体内的闪电
攥紧春天的手
我要为你诵读诗篇
就像在高高的教堂诵读经文
万物生生死死
只有这个季节风华正茂
春天无比辽阔
大地铺满鲜花
我承认,春天里我情迷意乱
世界多么美好。我舍不下她们
舍不下我爱过的人
尘世的哀伤
不能将我心中的灯火熄灭
我在春天里赶路
每一个路口都有我爱的人
黑暗里,他们为我打开一扇扇亮灯的窗户
人间的悲喜
让我的心变得柔软
所有的怨气

在春天里一笔勾销

(原载《石油文学》2020年第2期)

打火机

_远岸

我尝试
在沉沉夜雾里
独自揣摸
一个又一个
打火机的份量

思考一声又一声
"咣当"
"咣当……"

一致的声音
扭曲的沉默

我精力充沛的想像
泪光闪耀
在二月
风起云涌

黑色

却不幽默

"咣当"
"咣当……"
这是打火机
神秘的心跳

"咣当"
"咣当……"
随声而起的火苗
扭动腰身

遍体鳞伤
傲然独舞

一定在抗拒
夜的黑暗

一定在撕开
病毒的张狂

(原载《安徽诗人》2020年第4期)

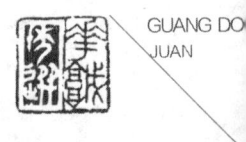

广东
卷

白鹿原传奇

_阿翔

时间潦草很突然。但草不潦草，
仿佛一天还不够扩展到东郊的原野，
以及云朵层面。眼前的真切
脱胎于暴雨，然后挺伸到秦岭，
像是人生有了底线，随时能贴近
一闪而逝的暗示，在秋日遭遇到一个
新的主题：白鹿耗尽了
它身上的云朵，以至于我未来得及
辨识。抱歉，我没办法
在陌生的环境中做出选择，
稍一施加动力，它近乎完美无缝；
但是很抱歉，我可不认为是
妥妥的传说。涉及落日的尺寸，
我没法确定标语对远处的回敬
究竟什么意思，这不仅仅是摇曳。
保守一点说，时间的潦草
不等于我的潦草，犹如风景夹杂着

太多的假象,需要我一步一步
减少,即使反差有这么大,
也并不见得比八月的插曲更出色。
有时,表面上的启示胜过领地,
未必不能胜过更深的仪式;
更有时,当我把脑子清空下来,
就捕捉到白鹿深奥于古老的瞬间,
清晰得好像我融入它身上的云朵。

(原载《星星》2020 年第 2 期上旬刊)

今夜,是除夕

_ 波儿

今夜,我隔着屏向你问安
道一声新年好
今夜,是除夕。
满城寂静。
通往那个地方的列车
空无寂寥,只有你一个人。
今夜,是除夕。

硕大的车厢,空旷
没有了往日的喧嚣和雀跃
是的,我真真儿地看
清清楚楚,你一个人

一个人的除夕夜。
通往那个地方，险恶重重
危机四伏。
而你，依然是浅笑的模样
温暖的目光里，毅然沉着

你说过，愿将人病犹己病
救得他生是我生。医者，慈悲为怀。
是的，你带着一颗善良的心
带着人民的期望，逆行而上。
没有华丽的辞藻，没有悲壮的誓言
你用医者的精神，释放出人性的光芒
传递着无疆的大爱。
暖，在冰冷的寒冬。暖，在于心。

今夜，是除夕。
一个没有家人团聚的夜晚
只有轰鸣的列车与你
逆行而上。我此时的文字已贫瘠
隔着模糊的屏，再次向你问安，再问安
德叔，保重。德叔，我们等你凯旋。
今夜，是除夕。

（选自《千里驰援——广东作家"抗疫"主题作品选》，
花城出版社 2020 年 12 月出版）

花苞开得很慢

_郭金牛

花苞,开得很慢。
慢,太慢了,小小的女儿,上到小学三年级
需要九年的
流水陪着我,不舍昼夜

在异乡,发生的这一切,都是值得的。

雁过也。
我师从候鸟,练习搬迁,在出租屋内乘船
在床上流浪。
江湖一词,我一试深浅
有两处存在危险。

贫穷
与
疾病。

唉,世事无常。

(原载《海诗刊》微信公众号 2020 年 7 月 20 日)

读大汾村志

_黄礼孩

那些过往的沉默,纹理慢慢被唤醒过来
岁月偷走的遥远之物,它的倒影留在书页上
从云的窗口照来的光线刻画着大汾村的肖像
一个村庄的地方志比空气还轻
但它也是抒情诗里芸芸众生的呼吸
落日剪出归来者的身影,习俗还在江上嬉戏
种地与建工厂,都是树上结的果实
招商引资这么发亮的事,与架桥开路
并没有高低之分,从陈芝麻里分出烂谷子
都拿出来晒晒,看能否晒出岁月的美德
人物轶事还在命运里纠缠,相比于大人物
记录升斗小民平凡的瞬间更艰难
一头猪突然离家出走,悲伤的事情也得铭记
村庄的一切作为地方志都留在笨拙的细节里
一个村庄没小事,一切都应得到尊重
被同等地诚实地描述出来

(原载《羊城晚报》2020年8月19日)

耳朵很会做题目

_ 赖廷阶

耳朵很会做题目
选择题就专门选择闪闪发光的真理
把那些光明
选择保留下来
作为奢侈品
给自己的题库
作为氧气

耳朵把很多噪声
压缩一下
压缩到寂静无声
就像把耳朵里一条街道
压缩成为深夜的五线谱
让黎明踏浪而来

(原载"国际诗歌翻译研究中心"微信公众号 2020 年 8 月 7 日)

安静的修辞

_ 倮倮

出乎意料。谁居然安排
一只山楂鸟来为我的早晨伴奏。
躺在床上,看着它
它停止鸣叫,转动眼珠看着我。
把镜头推远:
群山轻纱半遮
更远处,一片雾海。
有人跑进雾中
有人从雾里跑出——
我和一只山楂鸟
看着晨光中的事物……
成为双河早晨
最安静的部分。

(选自《诗选刊》2020 第 7 期)

求救

_行顺

曾经,我住在七平方米的地下室
忍受着病痛,骨伤
一把挂面吃了三天
口袋里的钱越来越少
我急需一份工作
我觉得一个老板可以救我

漫长的打工生活中
一个人沿着昏黄的街道回家
七平方米的地下室里
只有几本书,孤独与寂寞
也会让人发出狼吼
我需要一份爱情
我觉得一个女人可以救我

我的灵魂枯涩
对未来失去信心
背弃了先前的梦想
沿着自己厌恶的道路越走越远
我尝试寻找让人宁静的东西
我觉得诗歌可以救我

我好像找到了
又好像没有
我还在救我

(原载《草堂》2020年第8卷)

山脉中最垂直的那股力量

_ 徐敬亚

想写一首让张家界的人看了想念出声儿的朗诵诗
——题记

从遥远的外太空
潘多拉星球的纳美人,隔着月亮
射来三万三千支箭
一万支箭被大风吹断,化为岩石
一万支箭被海水淹没,露而为岛
一万支箭被黄土掩埋,隐入了山脉
而在阿凡达寻根之地,三千支箭化作奇峰
根根直立,和土地连接在一起,如三千只手指
一齐指向你
来吧

来吧来吧,张家界——
张,是张开翅膀的张
家,是离开家的家

界，是界限的界，跨界的界——
山界的界，地界的界，天界的界
是你来和你没来之间的
那个界

我每来一次张家界
都长高一寸
每来一次张家界，都苗条一次，俊俏一次
每次都离飞翔的鸟儿们
更接近一次

你看，那一根根百丈悬峰
俊俏的苗条女子，张家界形象大使
我每一次就是从那块最高的石头上飞下来的
那么陡峭，那么笔直，她怎么可能
还能被叫作山？

如果是山，只能属于潘多拉星球的山
是神，替我们删除了
多余的没有意义的部分
如同剥开一层层洋葱
只剩下山的花蕊中那根最直的花芯
只剩下山的核心，山的骨头，山的灵魂
只剩下整条山脉中最垂直的那股力量！

是的，我就是奔着
这股地球上罕见的力量来的
在潇湘地图上，在那幅鹰钩鼻子的人像额头上
奔着这一片
仿佛来自外太空的神秘山峰

来吧来吧，张家界——
张，是张开双臂再张开双臂的张
家，是离开了再回来再离开了的家

界，是红尘与仙境之间的界
是跨了一次再跨一次界的界——
是你这次来，和下次来之间的
那个界

（原载《诗峰》2020 年第 41 期）

云东海的一朵野玫瑰

_张况

一朵云，为梦中的那片海
坚守生命中风流的一抹蓝
一朵浪花为心中的一片蓝
坚守着命运的底线

一群开拓者用执着的坚守
将坚硬的时光，次第感化
他们用热血与汗水，邀约一场
温润的雨，共同浇灌这片神奇的土地
他们踏着动感的云
推开虚拟的门
扛着坚实的梦
涉过想象的海
在这里悄无声息地创业，守成

一朵野玫瑰开着动人的香

它的花蕾，像时间的眼
关注着周围动人的变化
它是这里最不起眼的主人
它说它要用亲眼所见的事实
说服所有的春天，到这里发芽，开花
它要让飘在自己心海里的那朵云
托起一个果实累累的未来

（原载"文艺大餐"微信公众号2020年5月8日）

港澳台 卷

日暮时分

_古月

斜阳　掩没了海誓的谎言
雁过留声　是落日前
唯一的神伤

一声惊雷　唤醒了岸上蝉噪
落在六月的海面
如同一面镜子的碎片
有沉默　有眼泪

泛潮后　只剩下斑斑苔痕

(原载"世界诗歌网"2020年6月16日)

吹口琴的少女

_ 林琳

水晶灯映照着清亮的目光
欢快的乐曲在唇边流淌
黑夜的精灵也随之起舞
红裙摇曳着青春的乐章

星光愈加澄亮
万物为你静默
天籁在苍穹中回响
大地的阴霾烟消云散
你的明眸闪烁着缪斯的光芒
如蜜流淌的音符
把人们带入子夜的梦乡

（原载"世界诗歌网"2020年8月27日）

斗室

_秀实

> 诗歌缔造了一个别致星球上的虚构生存。星球有变,这个
> 定义也得变,所谓别致只是一个比喻而已。
>
> ——(美)史蒂文斯

如今,这个偌大的房子已不堪述说,颓垣败瓦
所有的玻璃均已碎裂。我明白你说的是
一个澄黄的斗室——望着那窗棂间透出的
光线。并想像帘后的一切

那里没有时光,宁静不拥挤,不必点灯
所有的都纤瘦,梦很松软,话语会跳跃
可泅游的浴缸,骤雨般的水龙头
定义变改,你说,关在里面便不想看日出日落

但这非比喻,是我描绘的一个理想国
昼夜焚身写诗如炼制灵丹,早晚服用
让思想轻如椽间燕,衔着春天的草秋日的枯枝
在斗室的檐下筑巢,守候着你,互道安好

2020.10.1 午后 5:30 香港婕楼。一个人的中秋节,写诗。

(原载"世界诗歌网"2020 年 10 月 1 日)